Diogenes Taschenbuch 21571

Urs Widmer

Das enge Land

Roman

Diogenes

Umschlagillustration von
Ferdinand Hodler, ›Alpenlandschaft‹,
um 1916 (Ausschnitt)

Veröffentlicht als Diogenes Taschenbuch, 1988

30/95/36/2
ISBN 3 257 21571 1

Im Frühling dieses Jahres, das nun in Eis erstarrt auf sein Ende wartet, saß ich neben meiner Mutter, einer Frau aus Urgestein, in einem Lehnstuhl und sah in den Fernseher, dessen Bildschirm – wir feierten meinen vierzigsten Geburtstag – ich gerade eben zertrümmert hatte. Er hatte eine farbige Vergangenheit gezeigt, in der ein Mann mit einem Turban und eine Frau durch tiefen Sand einem Hund nachrannten. Sie wateten. Später – nun saßen sie zwischen den Ohren der Sphinx, die der Frau, einer fremden bleichen Schönheit, ein bißchen glich – sahen sie Wange an Wange, den gefangenen Hund zwischen sich, über den Nil und den flachen Dunst einer Wüste, durch den sich weit hinten der Kopf und der Höcker eines Kamels bewegten. Irgendwie hatte ich die Geschichte nicht ertragen, vielleicht, weil die Frau den Hund, als sie ihn gepackt hatte, herzte und küßte, bis er jaulte. Der Mann, dunkelhäutig und ernst, stand daneben. Jedenfalls, der Lehnstuhl, aus dem ich einen Hammer in die flimmernde Mattscheibe warf, war der, in dem mein Vater gesessen hatte, bevor er starb. Er hatte ein Jahr lang ununterbrochen immer dieselbe Melodie gepfiffen. Immer war er um vier Uhr früh aufgestanden, mit einem Gesicht, in das die Morgenschmerzen Furchen gepflügt hatten. Dann saß er unten in der Werkstatt vor den Fernsehern, die er reparieren mußte. Sie war mit kaputten Geräten vollgestapelt; mein Vater ließ sich Zeit; dafür war er billiger als die Vertragswerkstätten von Telefunken oder Grundig. Er aß Spalttabletten, rauchte Zigaretten und trank aus einer runden Glaskugel Kaffee, eine Tasse nach der andern. Dazu pfiff er, jene fremdartige Melodie, die mir vertraut wurde wie keine andre und die ich nie nachpfeifen konnte; ihr Schluß verband sich so mit ihrem Anfang, daß er nie Luft holen mußte, und er konnte dazu rauchen. Auf der Straße hörten die Frühaufsteher seine Pfiffe. Sie sahen seinen Kopf hinter dem beschlagenen Schaufenster, seinen verbleichten Fez, den er seit einer fernen Zeit trug, in der er in Kairo gewesen war und Rundfunkgeräte geflickt hatte, runde Holzkisten mit glühenden Röhren, die nach verbranntem Staub rochen. Nach dreißig Jahren Frankfurt hatte er immer noch einen Akzent – die Laute quälten sich zuweilen seinen Rachen hinauf –, und wenn er schrieb, vergaß er manchmal die Vokale. Mit Fernsehern kannte er sich so gut aus, daß, mitten im Westend, aus den Geräten, die im Schaufenster standen, chinesische und ugandische Programme kamen. Er schaute mit seinem skeptischen Gesicht zu den Wolken hinauf, drehte an der Antenne, und plötzlich sahen wir Neger, die Engländer auspeitschten, ohne Ton. Dann lachte er. In einer Nacht weckte mich ein

Geräusch, das es in der Welt der Lebenden nicht gab. Eine Sekunde später war ich im Badezimmer, wo mein Vater auf dem Rücken neben der Badewanne lag und in kurzen Stößen atmete. Während ich ihn aufs Bett schleifte, einen tonnenschweren Körper, atmete er immer leiser, und dann gar nicht mehr. Ich saß dann in der Werkstatt auf seinem Klavierhocker und machte die Aufträge fertig, die er angenommen hatte, bis zu meinem Geburtstag. Nie gelang es mir, etwas anderes vom Himmel herunterzuspiegeln als die Tagesschau. Mein Vater hatte oft nachts gearbeitet, und ich hatte hinter ihm an einem Tischchen gesessen und Lötkolen gereinigt oder Drähte zurechtgeschnitten, und vor uns liefen Stripteaseprogramme, die aus Mailand über die Alpen verweht worden waren. Männer stellten Frauen, die Augenmasken trugen, so lange Fragen, bis ein unsichtbares Orchester einen Tusch spielte; dann ließen mein Vater und ich den Lötkolben sinken. Ich arbeitete da weiter, wo mein Vater aufgehört hatte, und klebte wie er die Rechnungsformulare mit einem Tesastreifen auf die Seitenwände der Apparate. Abends stieg ich in die Wohnung hinauf und saß, keiner Bewegung mehr fähig, vor dem Fernseher. Ich atmete eine Luft, die surrte wie unter einem Hochspannungsmast. Etwas war gefährlich geworden. Ich erinnere mich, ich dachte viele Abende lang darüber nach, daß es in Asien Sprachen gibt, die das Wort Ich nicht kennen. Die Menschen dort stehen eng aneinandergedrängt in Reisfeldern, bis zu den Knien im

Wasser, und versinken langsam darin. Wenn der Reis reift, ist ihr Mund überschwemmt, ihre Augen sehen gerade noch die Körner, die die Hände nicht mehr enthülsen können; und sie versickern klaglos in den Körpern ihrer Ahnen. Nie haben sie daran gedacht, andere zu werden als die Menschen ringsherum; der Reis war schon ein Ziel. Mein Vater, dem die chinesischen Programme die liebsten gewesen waren, hatte zu mir gesagt, er löte die Drähte mit einer Methode, die zwar doppelt so lange dauere wie in den Werkstätten von Sony und Philips, jedoch sei sie auch doppelt so genau. Ich, wenn ich lötete, stocherte mit dem heißen Kolben im Innern des Apparats herum, bis die Drähte aneinanderpappten. Oben aus der Wohnung hörte ich zuweilen Schritte. Ein Hund bellte. Ich schaltete dann einen der Fernseher ein, ein einheimisches Programm, einmal zum Beispiel einen Film, in dem ein Zivilbeamter des Bundesnachrichtendienstes den Auftrag erhielt, ein Hotelzimmer zu überwachen – in einem jener Autobahnmotels, wo jeder, selber ein harmlos müder Reisender, im Nebenzimmer Onkel und Nichte vermutet –, und er saß an seinem Abhörgerät und hörte die Stimmen seiner Eltern, Schreie der Leidenschaft, und blind vor Entsetzen stürzte er ins Zimmer hinüber und erschoß die beiden und raste in einem Porsche davon, gejagt von Polizeiautos mit Blaulichtern; er fuhr in einen Brückenpfeiler, und in der letzten Einstellung sprachen die untersuchenden Kommissare davon, daß es ihnen unbegreiflich bleibe, wieso der Beamte nach seinem Einsatz den Kopf verloren habe. Die Frau in dem Film wurde von derselben Schauspielerin gespielt, die dann auch in dem Film mit dem Hund und der Sphinx auftrat.

In der Nacht nach meiner Geburtstagsfeier saß ich in der Werkstatt, aß den Rest des Kuchens, und gegen zwei Uhr hatte ich alle Aufträge fertiggemacht. Dann holte ich ein großes Wachstuchheft aus einer verborgenen Schublade, Ölfarben, Pinsel, schlug die letzte Seite auf und malte, ohne zu zögern, ein Bild fertig, das mich seit Wochen gequält hatte. Schnee; gebirgige Grate; einen Wald im Hintergrund; eine undeutliche Frau zwischen Ästen. Seit ich in Frankfurt lebte, seit immer eigentlich, malte ich an diesem Heft, Seite um Seite; Tag für Tag; nie aber sah ich mir ein schon fertiges Blatt nochmals an. Die einzigen Zugänge zu den älteren Schichten waren Tunnels, die ich mit Rasierklingen ins Papier schnitt; denn vom Anfang zum Ende liefen Geleise. Um vier Uhr war ich auch damit fertig, reckte mich, daß die Knochen knackten, stieg leise in den ersten Stock hinauf, legte das Heft unter eine Vase mit überquellenden Blumen, nahm eine Segeltuchtasche mit ein paar Hemden und Unterwäsche, Ausweise, Geld und schlich auf den Zehenspitzen die Treppe hinab und setzte mich, während die Sonne hinter dem Lurgi-Hochhaus aufging, in mein Auto, einen grauen R4, der seit Wochen zum TÜV mußte. Während ich mit Anlasser und Choke fummelte, sah ich unsern Hund in der offengebliebenen Werkstattür stehen. Ich winkte. Auf dem Weg zur Auffahrt West pfiff ich alle Melodien, die mir in den Sinn kamen. Die Glasfassaden der Bürostadt schienen wegen der tiefen roten Sonne in Flammen zu stehen; ein Flugzeug, eine DC 10 der Varig, landete über meinen Kopf hinweg, im Licht glitzernd. Die Bäume links und rechts waren frühlingsgrün, und einmal sah ich zwei Hasen, die hintereinander herrannten, direkt vor einem dieser KZ-Türmchen. Vögel flogen. Ich überholte einen Lastzug nach dem andern. In der Autobahnraststätte Gräfenhausen aß ich ein Sandwich, das mir gut schmeckte. In Italien, sagte ich zum Kaffee, den ich dazu aus einem Plasticbecher trank, sind deine Brüder schwarz und müssen mit viel Zucker in Schach gehalten werden. In einer warmen breiten Morgensonne fuhr ich dann weiter, an Baggerseen, Hallen aus Fertigteilen, Tankstellen vorbei, in einem immer dichteren Verkehr, aus Deutschland hinaus und in die Schweiz hinein und durch sie hindurch – am Zürichsee tankte ich und rannte ein bißchen auf und ab; im San Bernardino-Tunnel flogen Schwalben nordwärts zwischen der Tunneldecke und den Autodächern – bis nach Chiasso, wo die Sonne immer noch schien, eine weiche Spätnachmittagssonne. Ich wechselte mein ganzes Geld in Lire um. Viel langsamer als bisher, mit dem Ellbogen im offenen Fenster, fuhr ich in die Po-Ebene hinein; Pappelstraßen und riesige Felder, in denen ockerfarbige Häuser standen. Mein Großvater, einer von den beiden, war ein Italiener gewesen; er kam aus einem von diesen Häusern und hatte in seiner Kindheit immer und nur den Mais gegessen, der jetzt noch auf den Terrassen hing. Dann ging er nach Mailand und wurde Chemiker in einer Firma namens Monteverdi, die ihn nach Frankfurt schickte, wo er in einem Laboratorium arbeitete. Jede Nacht fuhr er mit seinem Fahrrad dort hin, um Experimente, irgendwelche Bakterien, zu überwachen. Im Ersten Weltkrieg brauchte sie das deutsche Heer. In den Zwanzigerjahren kaufte er sich einen Fiat, den ersten in Frankfurt, er holte ihn in Turin ab und fuhr in einer nicht abbrechenden Staubwolke über die Berge nach Hause. Es gibt ein Foto von ihm, da sitzt er, im noch aufgewirbelten Staub, am Steuer vor dem Gotthardhospiz, mit einer Mütze und einer Rennfahrerbrille. Es war die Zeit, wo die Polizeibehörden eine Kuh vor den Autos hertrieben, und wenn das Auto vor der Kuh ankam, büßten sie den Fahrer. Später wurde der Großvater wieder arm und aß wieder Polenta. Da war seine Tochter längst vor ihm geflohen, bis in den Orient, und zurückgekommen mit Mann und Kind. Sie hielt das Leben nicht aus ohne ihr Land.

Ich hielt in einem kleinen Ort, einer langen Straße eher, mit Autowerkstätten und einer Kirche, aus deren Turm Büsche wuchsen, und aß einen Teller Spaghetti. Der Wirt hinter einer Theke, die in Neonfarben leuchtete, wusch Kaffeetassen ab. Wir sprachen ein bißchen darüber – ich, um mein Italienisch auszuprobieren, jeder Ton ein Erbe –, daß, wenn in Deutschland sich einer nicht recht im Strumpf fühle, er nach Italien gehe. Der Wirt lachte und sagte, ja, aber hier gebe es kein Sauerkraut, und die Frauen, ich wisse, was er sagen wolle. Ich bezahlte lächelnd und fuhr weiter, durch Rebenfelder, in denen Klöster leuchteten, später durch Seveso, wo alle Schilder, die der Straße entlang aufgestellt waren, mit schwarzer Farbe vollgesprayt waren und hinter Gitterzäunen Männer in so etwas wie Mondfahreranzügen zwischen den Häusern herumgingen; sie hatten lange Zangen und sammelten Erdproben in Plasticsäcke ein. In Verona, das im Abendrot glühte, nahm ich ein Zimmer im Hotel Giulietta e Romeo und trank einen Grappa nach dem andern zusammen mit einem Portier, der sich nach Mannheim zurücksehnte, wo er einmal gearbeitet hatte, das heißt, der Portier lehnte den Grappa immer ab, war aber später in der Nacht auch nicht mehr sicher auf den Beinen. Am nächsten Morgen fuhr ich in einem lichten Dunst bis Venedig, über den Damm; links rollte ein Zug, aus dem Mädchen winkten, rechts verschwamm die Lagune – vorne Barken, hinten Tankschiffe – im Himmel. Ich stellte das Auto auf einen der Parkplätze und ging, die Hände in den Hosentaschen – meine Segeltuchtasche war mir in Verona aus dem Auto gestohlen worden, von jemandem, der die Hecktür danach wieder zugeschlossen hatte –, zur Anlegestelle der Schiffe und fuhr zum Markusplatz, wo ich zu Füßen eines Orchesters, das das Echo eines zweiten auf der gegenüberliegenden Platzseite war, einschlief und stöhnend träumte, bis mich ein Kellner schüttelte und fragte, was ich bestellen wolle. Ich aß einen Fruchtsalat. Überall waren die Tauben, von denen ich gehört hatte; sie machten aus Touristen Federviehe, flogen dann alle zusammen plötzlich auf und verdüsterten die Sonne. Ich hatte gelesen, am schönsten sei die Stadt im November, wenn nur die Reiseschriftsteller da seien, und zuweilen schleiche ein Einheimischer den Mauern entlang. Aber heute war es warm, und überall gingen Leute wie ich, und ich schaute mit brennenden Augen auf den Campanile, der am Tag, an dem mein Vater zur Welt kam, eingestürzt war und die Touristen von damals unter sich begraben hatte.

Ich mietete ein Zimmer in einem schmalen Haus und schlief zwanzig Stunden lang. Als ich aufwachte, stand die Vermieterin, eine robuste gesunde Frau, die im Stockwerk unter mir die Buchhaltungen von Schustern und Gemüsehändlern führte, mit einer Tasse Tee an meinem Bett; sie lächelte mich an, stellte die Tasse hin und ging. Ich trank. Dann saß ich am Fenster und sah auf einen engen Kanal hinab, in dem Kartons und Flaschen schwammen. Ich hatte in mir ein Gefühl, daß ich ein sehr langes Gedicht schreiben wollte, etwas Wuchtiges: jemand geht weg, und dann kommt er zurück. Als ich noch später das Haus verließ, weil ich Hunger hatte und Wasch- und

Rasierzeug kaufen mußte, lernte ich eine Frau kennen, eher ein Mädchen, die eine skeptische Nase hatte, wenn sie lachte, und große dunkle Augen; wir aßen am gleichen Tisch und blieben lange sitzen mit immer mehr Kaffee und Wein. Wir trafen uns oft. Ich holte sie in der Apotheke ab, in der sie Verkäuferin war. Einmal nahm sie mich mit nach Hause. Sie wohnte mit einer kleinen Tochter in einem Dachzimmer, und die Tochter warf wutschäumend ihre Spielsachen nach mir. Später dann machten wir lange Spaziergänge durch immer einsamere Gassen, bis wir schließlich dahin kamen, wo Venedig aufhört und man übers Meer bis nach Triest oder Jerusalem sieht, und sie sagte plötzlich, ich halte das nicht mehr aus, und wir stürzten da, wo wir gerade waren, zu Boden. Wir waren blind und unsichtbar. Im Morgengrauen rappelten wir uns auf und gingen auf ein paar Lichter zu, Wirtshaustische an einer Mole, an denen Hafenarbeiter saßen. Wir tranken Kaffee und sahen, daß wir aussahen, als seien wir einer Bergwerkskatastrophe entronnen. Wir hielten uns die Hände. Später aber war die Frau mit mir, als sei nie etwas gewesen. Sie kam nie in mein Zimmer, in dem kein Kind wohnte. Sie sprach viel von ihrem Vater, der in einem Erdbeben im Friaul umgekommen war. Er hatte in der Nähe von Udine eine Garage betrieben und die Geheimnisse der Natur gekannt, daß Moos auf der Westseite von Pinien bedeutet, daß dort im Herbst Totentrompeten wachsen. Dann begann sie mir aus dem Weg zu gehen –

ich verstand nicht, warum, und dachte immer hitziger an den einen Rausch im Staub am Meer – und öffnete die Tür nicht mehr, wenn ich klopfte. Die Tochter hüpfte zuweilen grußlos an mir vorbei. Ich machte lange Spaziergänge, Märsche eigentlich, durch all die winkligen Gassen zuerst und dann, als mir die Stadt zu klein wurde, den alten Kanälen auf dem Festland entlang, von Schleusenhaus zu Schleusenhaus. Wenn es dämmerte, stand ich wieder in einem dunklen Torbogen ihrem Haus gegenüber und starrte auf das Licht in ihrem Mansardenfenster, bis es ausging. Einmal gab ich der Tochter eine auf einen Zettel geschriebene Nachricht mit, deren Schnipsel ich dann auf der untersten Treppenstufe liegen sah, als ich mich zum Tor vorwagte. Ach Gott. Nachts im Bett stöhnte ich in mich hinein und spielte mir den Film unsrer Umarmung vor. Einmal ging ich in die Apotheke und kaufte bei einer Kollegin Vitamin C, und die Frau – ihr Gesicht, wenn es lachte, sah aus, als weine es gleich; ihr Weinen glich einem Lächeln – stieg derweil auf eine Leiter und suchte ein Medikament für einen alten Mann, dessen Hände zitterten, und tat keinen Fehltritt. Da rannte ich über Bretterstege, unter denen Hochwasser flutete, zur Vaporettostation, fuhr zu den Parkplätzen, setzte mich in mein Auto und merkte erst in der Gegend von Vicenza, daß ich die Miete nicht bezahlt hatte und der Beginn meines epischen Gesangs – ein Mann brach auf einem Floß auf, ein unbekanntes Meer zu durchpflügen – noch auf dem Fensterbrett lag. Weiß leuchteten die fernen Alpen. Kuh, murmelte ich, eine Kuh, eine blöde, zickige katholische Kuh. Dann saß ich irgendwo am Straßenrand auf einem gefällten Baum, die Füße in übriggebliebenem Herbstlaub. Später trösteten mich die blauen Wasser des Comer Sees, Villen, die von Glyzinien zugewuchert waren, und über der Straße hängende Gärten, aus denen Blumen in allen Farben quollen. Palmen dem Ufer entlang; Grotten; plötzlich schossen Bäche über die Straße hinweg und verschwanden gurgelnd in Abgründen, die aussahen wie künstlich angelegt. Im Veltlin wuchsen Reben zwischen Felsbändern; Häuser klebten über der Straße, auf der mich hupende Lastzüge überholten und in schwarze Dieselwolken hüllten. Von Felsvorsprüngen hingen Kapellen übers Tal, dahinter Dörfer aus den Steinen des Bodens, auf dem sie standen; im Tal selber Silos und Möbelzentren und einmal eine Kirche, eine Kathedrale fast, die unter ihrem Gewicht im Boden versunken war, so daß nur noch ihr Turm und Dach aus Gebüschen hervorsahen.

In einem kleinen Ort, in dem Nonnen auf einem weiten Platz standen, umkreist von einer Altnonne im Tempo eines Hirtenhunds, bog ich nach Norden ab und fuhr auf einer schmalen, sofort steilen Straße in die Berge hinein, in einer Schlucht zuerst, dann, nach einem Zollamt, wo ein Beamter mit einem Knabengesicht mich etwas fragte, was ich nicht verstand, und ich den Kopf schüttelte, zwischen Kastanienbäumen und kleinen Tabakfeldchen, Beeten eher, auf jedem die Ernte für zwei, drei Zigarren. Die Orte nahe der Grenze rochen alle nach frisch geröstetem Kaffee. Später, höher oben, wurde das Tal weiter, ich fuhr einem grünen See entlang, aus dem Tannenhänge wuchsen, und kam in ein Städtchen, dessen Häuser, obwohl sie unter Wasserfällen und Felsstürzen standen, zu schweben schienen im Abendlicht. Die Luft war eisig, als ich ausstieg. Hier schien die Sonne zum letzten Mal im Oktober und kam, durch immer dieselbe Berglücke, erst im März wieder; dann tanzten die Bewohner in glühenden Kohlen und verbrannten Frauen aus Stroh. Das erzählte mir die Wirtin in einem höhlenartigen Wirtshaus, eine uralte Dame, die schrie und die ich anschreien mußte, und nach einer halben Stunde ging eine Tür im dämmrigen Hintergrund auf, und eine zweite, genau gleich aussehende Dame kam herein, und wir schrien zu dritt. Sie habe ein Kaninchenragout, schrie die neue alte Dame. Ich aß es. Dazu trank ich einen von den Rotweinen aus dem Tal unten; das sei keine Säure, schrien die Damen, das sei der schwarze Felsstein selber, der so schmecke. »Der Paß ist doch zu? Wo wollen Sie denn hin?« Ich machte eine undeutliche Handbewegung, mich brachte jetzt niemand mehr südwärts; dann bezahlte ich. Ich hatte nur die Lire von Chiasso, und die beiden Schwestern brüllten sich Zahlen zu, die sie auf immer neuen Zetteln zusammenrechneten. Draußen dämmerte es. Aber die Höhen, da wo die Straße hinführen mußte, lagen in einer hellen Sonne, die den Schnee rot färbte. Gleich nach dem Ort sperrte eine Schranke die Straße ab; ich hob sie hoch und senkte sie hinter mir wieder. Dann fuhr ich die sonnige Flanke des nun weiten Tals hinauf – die andre verschwand hinter blauem Abendlicht –, Kurve um Kurve, zwischen immer braunerem Gras, auf dem bald Schneeflecken lagen, von denen manche, mit langen Schleifspuren, auf die Straße hinabgerutscht waren. Vor so einem Schneehaufen packte ich dann das Steuer mit beiden Händen und wühlte mich hindurch. Bäche rauschten unter Brücken oder sprudelten aus Stützmauern. Kleine weiße Kapellen überall. Einmal hing eine Föhre quer über dem Auto; ihre Äste streiften das Dach. Der Talboden, in dem ich gerade eben noch Dörfer mit Schieferdachkirchen gesehen hatte, war nun in der Nacht verschwunden, die, so schnell ich auch fuhr, stets ein paar Meter hinter mir den Berg hinaufkletterte. Das Licht wurde unglaublich klar, hoch oben am Berg sah ich Vogeltritte, und der riesige Schatten meines Autos fuhr neben mir her, mit meinem Schädel drin. Jetzt waren die Föhren, die vielleicht Arven waren und lange Flechtenbärte trugen, tief verschneit; verharschte Wildspuren gingen zwischen den Stämmen, und als die Nacht mich einholte, lag auch auf der Straße Schnee. Ich pfiff, ich weiß nicht was, und steuerte wie auf dem Wäldchestag, in Haarnadelkurven ging ich nicht vom Gas, auch wenn das Heck sich querstellte. Dann blieb ich stecken. Ich ließ das Auto stehen, wie es stand – schräg in einer Böschung –, und ging zu Fuß weiter. Alles Licht war jetzt aus dem Tal verschwunden. Auf der einen Seite der Straße rauschte ein unsichtbarer Bach, auf der andern ragten Felsen auf, aus denen Bäume hingen. Meine Füße wurden so kalt, daß sie nicht mehr wehtaten. Ich machte mir Mut mit Geschichten wie der von Scott oder einer, die ich einmal in einer russischen Fernsehsendung gesehen hatte, in der ein Sibirienflüchtling – ständig schwamm er durch Flüsse, zwischen Eisschollen und treibenden Baumstämmen, ich glaube, es war noch die Zarenzeit – auf seinem Marsch nach Süden mit einer so dicken Eisschicht zufror, daß er auf den Uferpromenaden des Schwarzen Meers noch immer ein starrer blauer Klumpen war; blind tappte er zwischen blühenden Oleandern und Russen in hochgeschlossenen Badeanzügen herum, in einer Schmelzspur; niemand wagte ihn bei der Hand zu nehmen; er wurde verhaftet, aufgetaut und, nachdem ihn die Schergen des Zaren verhört hatten – oder waren es doch Angehörige der Roten Armee? –, nach Sibirien zurückgeschickt; vom Trittbrett seines Viehwaggons aus hielt er eine Rede, in der er sagte, dereinst werde das Volk auch in diesem Land frei sein – vermutlich, auch diese Sendung sah ich ohne Ton; die Schergen oder Rotarmisten hauten ihm ihre Gewehrkolben an den Schädel, und der Zug fuhr ab. Ich lachte mit klappernden Zähnen, eine tiefgefrorene Erinnerung an das Lachen von früher.

Plötzlich, nach einer Kurve, standen Häuser in einem weiten ebenen Talkessel. Ihre verschneiten Dächer leuchteten im Licht eines Monds, der hinter schwarzen Bäumen verborgen blieb. Ich erstarrte; dann rannte ich los. Das erste Haus, ein milchblau leuchtender Kasten, war ein Hotel mit gußeisernen Balkonen, verrammelten Fenstern und einer schweren Tür, gegen die ein Holzkoch gelehnt war, der mir das Menü des vergangenen Herbsts entgegenhielt. Ich rief. Jenseits des Bachs, der jetzt sichtbar durch den Schnee glitzerte, stand der gewaltige Schatten einer Patrizierfestung mit unzähligen Fensterlöchern und noch mehr Kaminen. Als ich über eine Brücke ohne Geländer näherwatete, sah ich auf die Mauern gemalte Wappen – Katzenköpfe mit Beilen drin und Tabakblätter – und Merksprüche, die ich in dem bißchen Licht nicht lesen konnte. Der Schnee sei, wie der Tod, dem einen Feind, dem andern Freund? Auch hier waren alle Türen verschlossen. Nur durch eine Luke in einem Tor unter einer wuchtigen Steintreppe, die zum Haupteingang im ersten Stock führte, sah ich die großen runden Scheinwerfer eines uralten Autos aus der Finsternis glotzen, eines aus jenen Zeiten, da noch alle Teile bis hin zu den Bremsklötzen aus Mahagoniholz angefertigt wurden. Ich konnte gegen die Tür treten, wie ich wollte, sie gab keinen Millimeter nach. Eisscherben weinend, stapfte ich schließlich in einem bauchhohen Schnee ums Haus herum und sah – am Himmel stand ein hoher Mond – einen Anbau, einen

Stall vielleicht oder ein Gesindehaus, zugeweht bis fast unters Dach, aus dessen Kamin ein weißer Rauch bis vor die Mondscheibe stieg. Ich schrie auf und wühlte mich wie ein wahnsinniger Maulwurf in den Schnee hinein, bis zu einer Tür, gegen die ich mich keuchend lehnte. Von drinnen hörte ich das Schnaufen von Erstickenden, oder war das mein Atem? Die Tür ging ohne Widerstand auf. Ich stand in einem niedern, von einer Gaslampe erleuchteten Raum mit einem gestampften Lehmboden, durch den in einer Rinne ein schmaler geräuschloser Bach lief, unter der einen Wand herein, auf der andern Seite unter einer niedern Tür hindurch wieder hinaus. Dort waren Bretter über das Wasser gelegt, auf denen Teller und Pfannen standen. In einem Gußeisenherd brannte ein Feuer, dessen Flammen durch breite Ritzen loderten. Direkt vor mir saß, den Rücken gegen mich, ein Mann an einer Staffelei und malte an einem Bild, einer Madonna, die ihr Kind, ein nacktes Elend mit einem Greisengesicht, im Arm hielt. Ich räusperte mich; aber da der Mann nicht aufsah, ging ich zum Herd, dessen Hitze mich anzog wie eine Umarmung. Vor mir: Weinflaschen, eine Kiste, in der Kartoffeln voller Keime lagen, eine nicht mehr neue Autobatterie und eine rote Butangasflasche, von der aus ein langer Gummischlauch zur Lampe führte. Dahinter – die Luft war rauchig und dick – hing über die ganze Breite des Raums ein blaßblauer Vorhang, durch den das Geräusch jetzt deutlicher zu hören war; ein

Schimpfen eines Manns und ein hohes Singen einer Frau. Ich begann zu zittern. Der Mann malte, die Nase beinah in der Leinwand, an einem Ohr Marias herum, und erst als ich aufstöhnte, weil meine Hände kribbelten, fuhr er hoch, starrte mich an und stellte langsam sein Bild unter den Tisch. Ich deutete eine Verbeugung an, über den Herd gekrümmt. In mir war kein Gefühl. Die Geräusche hinter dem Vorhang waren noch lauter geworden, aber am lautesten hörte ich mein auftauendes Blut im Gehirn.

»Frühling!« schrie der Mann. Er war um die vierzig und trug einen wirren Schnurrbart. »Der Frühling!«

Hinter dem Vorhang hörte das Singen und Schimpfen abrupt auf, es rumpelte, und der rote Schädel eines weit älteren Manns fuhr durch einen Spalt, aufgerissene Augen, die mich ansahen.

»Da«, sagte der jüngere Mann und deutete auf mich. »Was sagst du jetzt?«

»Wenn es nicht gestimmt hätte«, sagte der Kopf im Vorhang, »ich hätte dich umgebracht.«

Er verschwand, und eine Hand zog den Vorhang wieder zu. Während ich ein brennendes Ameisengefühl in Händen und Füßen zu spüren begann, sagte der jüngere Mann plötzlich sehr gut gelaunt, er heiße Benjamin, er sei der älteste und der jüngste gleichzeitig, und auf einen wie mich hätten sie seit Wochen gewartet, kochen würden sie längst mit den Stühlen und Bettbeinen, morgen wäre die Staffelei drangekommen, und während er sprach und die Madonna in den Fuß eines mächtigen Bauernschranks legte, heulte die Frau hinter dem Vorhang, und der Mann brüllte, ein Erdbeben, in dem eine Menschheit umkam, und dann wurden sie ruhig, und der Mann redete laut und lachte und riß den Vorhang auf, und ich sah ihn, einen Bären in einem dicken Pullover und breiten Hosen, und hinter ihm der Rücken einer Frau, die ein blaues Wollkleid über den Kopf zog und mit nach oben gereckten Armen so lange auf und ab tanzte, bis ihr Kopf sichtbar wurde; und während sie ihn nach mir umwandte – sie glich der Madonna des Bilds aufs Haar –, wurde ich so müde, daß ich auf den Tisch fiel und einschlief.

Ich träumte, Feuer wiege mich.

Als ich aufwachte, stand die Tür offen, und helles Licht fiel auf den Tisch. Ich war allein. Das Herdfeuer brannte nicht mehr, der Vorhang war beiseite gezogen, auf zwei Betten lagen ungeordnete Decken. Der Bach am Boden floß schnell dahin, weg unter der Tür, hinter der, als ich sie öffnete, ein Klo war. Ich kroch ins Freie. Herrgott. Es gibt kein helleres Licht als Sonne, die aus Schnee strahlt. Ich kniff die Augen zusammen und erkannte die drei von gestern – die Frau, die ein heißes junges Gesicht hatte, den alten Mann und den, der Benjamin hieß; sie gruben einen Autobus aus dem Schnee, von dem sie bis jetzt den Kühler freigeschaufelt hatten, eine zerbeulte rostige Wabe, auf der ein Blech mit einem gelben Posthorn befestigt war. Hinter dem busförmigen Schneehaufen breitete sich der Talkessel von gestern aus, tatsächlich eine weite Hochebene, durch die ein Bach mit weißem Eiswasser rauschte. Da und dort Steinhütten. Die Berge weit zurückgetreten, so daß sie einen riesigen Himmel über uns ließen. Von einem der Grate hatte eine Lawine Föhrenstämme bis vor unsre Füße geschwemmt; ein kleiner Bach kämpfte sich unter Ästen und Felsbrocken hindurch, lief dann im Zickzack durch den Schnee und verschwand unter dem Anbau des Hauses, dessen fensterlose Rückwand den Blick nach dieser Seite der Welt verstellte. Alles war so unglaublich farbig, Bäume, Schnee, Steine, Himmel, daß ich die Augen zupreßte, als wolle ich sie ins Hirn zurückdrücken, und dann wieder aufriß bis zu den Haaren hinauf. Ich stand da wie ein Gelähmter. Die Frau und Benjamin warfen jetzt den Schnee vom Autobusdach hinunter, und der alte Mann, dessen Runzeln leuchteten vor Freude, rannte ins Haus, kam mit der Batterie zurück und baute sie im Motor ein. Ich tat keinen Wank.

»Ohne Sie hätte ich noch lange so weitergemacht«, rief der Alte hinter der aufgeklappten Motorhaube hervor. »Wer weiß, wie lange mein Fleisch noch tut, was mein Herz will. Im Dunkeln hat man keine Ahnung von den Jahreszeiten.«

»Ich wäre erfroren ohne Sie«, sagte ich und stellte mich neben ihn.

»So einer wie Sie hat uns noch nie gefunden.« Er schloß die Motorhaube. »Die andern waren vom Winter gebleicht.«

Ohne sich weiter um mich zu kümmern, kletterte er hinters Steuer und zog den Anlasser, bis der Motor – lange ruckelte er und stank – ansprang. Die Frau und Benjamin klatschten, sprangen in den Schnee hinab und wälzten sich darin, bis sie sich keuchend in den Wurzeln einer Föhre verhedderten. Ich schlug auch die Fäuste gegeneinander. Inzwischen hatte der Alte einen Gang eingelegt und pflügte durch Schneehaufen ums Haus herum, wir in einer Dieselwolke hinter ihm drein, an der Vorderfront des Haupthauses vorbei, über die Brücke, zur Straße, auf der der Bus nach dem Gerutsche ein bißchen Fuß faßte und schneller fuhr. Wir im Galopp. Der Alte stand jetzt hinter dem Steuer, winkte uns – oder reckte er den Arm wie ein Römer? –, und sein Bus schlingerte die immer steilere Straße hinab bis zur Kurve, hinter der der R4 stand, wo er sich querstellte, die Kurvenabschrankung durchbrach, sich überschlagend einen Abhang hinunterstürzte und, die Räder nach oben, gegen einen Baum krachte. Einen Augenblick standen wir starr in einer Welt ohne Geräusche. Dann rannten wir die Schneehänge hinab bis dahin, wo hinter dem Steuer kopfüber der Fahrer hing.

Wie viele Begräbnisse habe ich seither beschrieben. Zuerst behauptete ich, das Grab des alten Manns sei in einen schneebedeckten Acker hineingegraben gewesen, und der Mann habe gleichzeitig neben mir gestanden und eine Rede auf sich selber gehalten, die von einem Fluß handelte, auf dem er mit einem Schiff fuhr, und er merkte erst weit draußen auf dem amazonasbreiten Wasser, daß die Fährleute keine Rückfahrkarten verkauften, und dann hoben wir gemeinsam den Sarg in die Grube, und dieser entglitt uns und brach auseinander, und ich sah den Mann in einem weiß-blauen Pyjama, wie er aufschlug unten im Dreck. Dann schrieb ich – am zugeschneiten Fenster sitzend; die Papiere riß ich aus dem Schreibblock und warf sie ins Feuer im Herd –, kein Pfarrer habe ihn begleitet, dann, wir seien zusammen – er unsichtbar, ich sichtbar – in ein Bordell gegangen, eins für Tote und Lebende, und er habe auf einem Tisch gestanden und nur für die Toten und mich hörbar Lieder gesungen, und dann sei er mit einer Frau, einer lebenden, weggegangen, die kreideweiß zurückkam nach einem Liebessturm, der sie beinahe zerrissen hätte und den sie sich, allein auf ihrem Bett, nicht erklären konnte. Ich ging mit einer Toten; sie war zart mit mir, eine Wolke, aber als sie über mich sank, fiel ich in eine tiefe Ohnmacht. Auch dieses Blatt verbrannte ich sofort. Danach dachte ich, der Mann sei schwarz und ohne Beine auf dem Gipfel eines Piz gestanden, und dann, ich sei in einer Art Unterwelt voller Lianen gewandelt und hätte ihn in einem Telefonhäuschen gesehen, aus dem er tatsächlich mit mir telefoniert habe, und schließlich noch, er liege oben auf der Plattform eines Leuchtturms, ertrunken nach einem Hochwasser ohne Beispiel.

In Wirklichkeit zerrte ich den Mann hinter dem

Steuer hervor, um einen Baumstrunk herum, der die Windschutzscheibe und ihn zertrümmert hatte, und legte ihn in den Schnee, der sich rot färbte. Wir sahen ihn an. Als die Frau zu weinen anfing, legte Benjamin einen Arm um sie. Er sah übers Tal hin. Ich, ich grub ein Loch in den Boden und warf den Dreck in wilden Schwüngen in die Bäume, über die Köpfe der beiden hinweg, die dastanden wie Fremde, Wange an Wange, bis das Grab groß genug war, daß ich den Mann hineinschleifen konnte. Ich schaufelte ihn zu – seine offenen Augen starrten durch die Erdbrocken –, trampelte den Grabhügel zurecht und steckte einen Föhrenast hinein, ein Nadelkreuz. Stumm stiegen wir dann die Schleifspur hinauf, vorn ich, hinter mir Benjamin und die Frau, die später, als wir im Haus um den Tisch saßen und aßen, sagte, sie heiße Rosa; sie habe im Herbst, schon sei die Sonne für immer verschwunden gewesen und die Luft eisig, den Mann auf dem Platz des Orts im Tal unten gesehen, als er Zementsäcke in den Bus lud und Kisten mit Wein; sie hätten sich angesehen; ein Blitzstrahl; ohne ein Wort zu sagen, ohne ihn zu berühren auch, habe sie sich neben ihn gesetzt und sei mit ihm den Paß hinaufgefahren, zwischen roten Föhren in die Sonne hinein, und als Benjamin abends nach Hause gekommen sei, hätten sein Vater und sie am Tisch gesessen; sie sei geblieben.

Die Tür stand noch immer offen, und drinnen war es kalt geworden. Benjamin zerbrach den Stuhl des Alten über einem Knie und blies in den Glutrest im

Herd. Ich stellte mich neben die neue Wärme und schälte Kartoffeln zusammen mit Rosa. Rosa hatte etwas von jenen Frauen, die auf Bildern riesige Brotlaibe zerschneiden und an Kinder verteilen, die an ihren Röcken hängen. Ich aß in meinem Heißhunger einen Teil eines Brotrests, dessen andern Teil sich Benjamin in den Mund stopfte. Als er dann ins Feuer blies, schwankten unsre Schatten den Wänden entlang, Polypenarme, die Schwerter führten, und gewaltig malmende Kiefer. Das Brot war hart wie Stein.

»Schwer zu sagen«, sagte Benjamin kauend, »ob wir es essen oder es uns.«

Ich lachte. »Im Tal unten hatte ich einen Wein«, antwortete ich und trank, »der hätte beinah mich verdaut.«

Als Rosa am Bach einen großen rußigen Topf mit Wasser füllen ging, trat Benjamin schnell neben mich und murmelte: »Vor ihr war eine andre da; die war jahrelang geblieben und riß plötzlich die Tür auf und stürzte in einen Schneesturm hinaus; der Vater und ich standen aneinandergeklammert und brüllten in die Nacht hinaus.«

Während wir aßen – die Kartoffeln glühten und taten gut –, trank Benjamin Glas um Glas, so daß die Blicke, mit denen er Rosa ansah, immer glasiger wurden. Sein Schnurrbart und seine Haare sträubten sich mehr und mehr, und aus seinem Innern kamen Laute, die seine Zunge nie geübt haben konnte. Rosa sah und hörte nichts.

»Ich heiße Rosa«, sagte sie zu mir und lächelte. »Im Herbst, die Sonne ist schon weggewesen für immer, habe ich ihn im Ort unten gesehen, verstehen Sie; er hat Zementsäcke in den Bus geladen, und natürlich seine Flaschen.« Jetzt sah sie Benjamin an. »Ich habe nicht einmal zu Hause Bescheid gesagt; als Benjamin, der da, abends nach Hause kam, war ich da; Benjamin war damals tagelang unterwegs und kam mit Säcken voll Kruzifixen zurück, die er an Antiquitätenhändler verkaufte.«

»Ach was«, sagte Benjamin.

»Ganz Deutschland hängt voll von deinem Zeug.«

»Ich«, sagte ich schnell. »Ich komme aus Frankfurt. Das heißt, im Augenblick komme ich aus Venedig. Aber Frankfurt gefällt mir besser.«

»Dort wird das große Geld gemacht«, sagte Benjamin und sah mich an, als sei ich daran beteiligt.

»Ich bin Fernsehmechaniker«, sagte ich. »Ich hatte eine Werkstatt.«

»Und ich«, sagte Benjamin noch lauter, »bin für die Straße verantwortlich. Von hier bis zur Paßhöhe. Acht Kilometer. Jetzt liegt noch Schnee darauf, aber in ein paar Tagen kommen die Schleudern. Ich kenne die Straße so gut, daß ich sie jede Nacht im Kopf abfahre, ich meine, ich kann nicht anders. Seit Jahrzehnten lassen wir uns einschneien. Alle andern gehen im Herbst ins Tal.«

»Dein Vater flickte die Straße«, sagte Rosa. »Nicht du.«

»Er ist tot.«

»Du kannst gar nicht Bus fahren. Und ich bin diese Straße viel öfter als du gefahren.«

Wieder sahen sie sich in die Augen, Rosa, die rote Flecken im Gesicht hatte, Benjamin, dessen Schnurrbartenden zitterten.

»In Frankfurt«, sagte ich, »gibt es Kinos und Kneipen, gleich bei mir um die Ecke ist eine, da gibt es noch um Mitternacht Flamencoeier.«

»Was gibt es?« sagte Rosa.

»Flamingoeier«, brüllte Benjamin. »Weißt du nicht, was Flamingoeier sind?«

»Egal«, ich wandte mich an Rosa, »ich bin jedenfalls nie allein. Oft weiß ich nicht einmal, ob die Sonne scheint. Verstehen Sie, nie sticht einen eine Mücke; in der Stadt gedeihen keine Lebewesen.«

»Siehst du«, brüllte Benjamin mindestens so laut wie zuvor.

»In der Kneipe, von der ich eben gesprochen habe, steht ein Apparat, da werfen Sie eine Mark hinein, dann fallen Bomben auf den Unterstand, in dem Sie sitzen, und entweder Sie gewinnen oder sind tot.«

»Genau mein Fall.« Benjamin hob sein Glas und prostete mir mit so heftigen Armbewegungen zu, daß der Wein über den Tisch spritzte. »Drüben im Hotel sitzen immer die Polizisten.«

»Die Polizisten? Polizisten mitten in der Wildnis?«

»Oben an der Straße steht eine Wache. Eine kleine. Im Sommer stürzen sich die Beamten zuweilen auf ihren Mopeds in die Tiefe, und dann kommen sie abends mit der Post zurück. Die Mopeds haben sie aufs Dach gebunden. Was sie im Winter tun, weiß kein Mensch.« Er steckte beide Daumen zwischen den Zeige- und Ringfingern hindurch und lachte, daß die Gläser hüpften.

»Esel«, sagte Rosa. Sie berührte einen Augenblick lang meine Hand und sagte in einem Ton, der alles ungeschehen machte: »Seit zwei, drei Jahren bleiben auch die Hausbesitzer. Da, hinter der Mauer. Wir hören sie manchmal, genauer, die Frau. Sie ist eine Sirene.«

»Tabakhändler«, sagte Benjamin etwas leiser. »Die Felder unten im Tal gehören ihnen. Sie haben einen uralten Jaguar, mit dem sie zwischen ihrer Villa am See und dem Haus hier hin und her fahren.«

Wir aßen schweigend weiter, und als Benjamin und Rosa sich über irgend etwas zu streiten anfingen, über einen der Polizisten, dachte ich, anfangs nur so, dann immer heftiger, daß mich in Venedig allein schon das Denken an die Frau wahnsinnig gemacht hatte, wie sie ging, ihre Haut, oder ihr Abdruck in einem Kissen, oder daß sie, wenn sie sprach, manchmal mit der Zunge gegen die Zähne stieß; eine Art Raserei war in mir; am liebsten hätte ich mich in ihr aufgelöst; dennoch hatte ich immer hölzerner in meinem Stuhl am Fenster gesessen und über den Kanal gesehen; auf eine braune Backsteinmauer mit einem vergitterten Milchglasfenster; in der Ferne tutende Vaporetti. Je heißer sie in mir glühte, desto einziger dachte ich an meinen Helden, wie er durch die Wasser pflügte. Am Bug seines Schiffs festgezurrt, teilte er die Fluten; hinter ihm spreizten sich kochende Heckwellen. Einmal kam er an einer Insel vorbei, an deren Strand Frauen standen und sangen; sie reckten die Arme nach ihm. Er, er fuhr weiter mit geblähten Segeln, in das Meer hinaus.

»In Frankfurt kannte ich keine Frauen«, sagte ich, weil Rosa und Benjamin mich auf einmal ansahen, als dürfe ich nicht schweigen. Sie hatten wie Verhungernde gegessen.

»Das gibts hier nicht«, sagte Benjamin. »Aber jeder hat nur eine.«

Rosa lächelte, ein kaum sichtbares Lächeln, das über ihrem Teller schweben blieb. Ich kratzte mit dem Löffel in der leeren Pfanne herum und dachte, daß ich mit der Frau in Venedig etwas ganz anderes getan hatte als gewollt: ich wollte in Innigkeit mit ihr liegen und sprang in hektischen Fluchten von Insel zu Insel.

»Hier könnte ich nicht leben«, sagte ich. »In der Stadt kann jede Minute das geschehen, was alles anders macht. Hier, was soll sich schon ändern?«

»Wenn die Lawine« – Benjamin lachte – »ein paar Meter weiter gekommen wäre, hätte sich einiges verändert.« Er ließ sein Kinn mit einer Wucht auf den Tisch krachen, daß ein anderer es sich gebrochen hätte, und glotzte zu mir herüber. Rosa stand auf, schüttelte sich, schritt über den Bach und zog den Vorhang hinter sich zu. Dahinter schwankte ihr

Schatten auf dem Stoff auf und ab, wie sie ihr Kleid auszog, unter die Decken kroch und sich zurechtwühlte. Dann war es still. Nur das Gaslicht rauschte, und Falter stießen gegen den Strumpf und verbrannten. Benjamin saß da ohne eine Bewegung.

»Was malen Sie denn da?« flüsterte ich und deutete mit dem Kinn auf den Bauernschrank. »Ich habe es auch lange versucht, Landschaften.« Aber Benjamin hörte mich nicht. Er zeichnete mit einem Finger ein Muster aus Rotwein. Manchmal brummelte er vor sich hin. Ohne ihn zu fragen, nahm ich die Flasche und trank aus ihr. Endlich, Rosa schlief mit tiefen Atemzügen, hob er die Augen und murmelte: »Bis jetzt sind wir alle immer nach Süden gegangen.«

»Wir auch.«

»Nie nach Norden. Einer wie ich nie.«

»Nur auf den Rückwegen. Rückwege waren immer nordwärts.«

Benjamin nickte und zog sich an der Stuhllehne hoch. Schließlich stand er, schwankend gegen den Tisch gestützt. »Seit immer gehen alle Reichen nach Süden und die Armen nordwärts. Jetzt sagen Sie mir, wieso sind die Menschen im Süden immer noch arm?« Er sah mich an, als sei ich schuld am Elend der Sonnenländer, torkelte dann auf den Vorhang zu, dessen Durchlaß er nach einigem Tasten fand, und verschwand dahinter. Sein Schatten wurde der eines Titans und krachte aufs Bett. Sofort hörte ich sein Schnarchen.

Ich stand ein paar Augenblicke ratlos, dann wuchtete ich den Küchentisch so um, daß seine Beine nach oben ragten, faltete alle Küchentücher zu einem Kissen und nahm, als Decke, einen orangen Wetteranzug von einem Haken an der Tür. Aufgeklebte Leuchtstreifen reflektierten das Licht. Liegend schon drehte ich die Schraube der Gasflasche zu, und während der Glühstrumpf über mir langsam erlosch, hörte ich, daß Benjamin murmelte: »Warten Sie nur, Sie werden noch lernen, das Wandern der Gletscher zu sehen.«

So ist es gekommen, fast so. Inzwischen bemerke ich tatsächlich, wenn eine Eisblume am Fenster ein Blatt mehr getrieben hat. Wenn ich ein Guckloch in die Scheibe hauche – oben, wo sie nicht zugeweht ist –, sehe ich, wie sich der Schnee von den Bergen wälzt; Felssteine, die über die Ebene eilen; die Grate glühend am Morgen, fern am Mittag, abends gestochen scharf in blauem Licht; und weit hinten ein Berg – an seiner Flanke windet sich die Straße in Spitzkehren nach oben –, dessen fünffingriger Gipfel immer deutlicher die Hand eines verschütteten Riesen ist, dessen Füße im Magma stehen. Das Tal wispert und übertönt das Atmen der Berge.

Am Tag meiner neuerlichen Ankunft hier – den Sommer habe ich in Frankfurt verbracht; er zog einen so scheußlichen Herbst nach sich, daß ich Hals über Kopf geflohen bin – ist der erste Schnee gefallen. Dichte dicke Flocken. Gleich am ersten Abend habe ich auch die Stimme der Hausbesitzerin gehört; sonst scheint das Haus ohne Bewohner zu sein. Rosa weg. Die Stimme erinnert wirklich an Jericho, und auch ich habe so gebrüllt, daß mich die Stimmbänder jetzt noch schmerzen. Sie rief, sie erwarte den Tod, und ich, ich nicht, und seither sind wir still. Seither fällt der Schnee mit immer mehr Getöse.

Bevor ich nach Frankfurt aufgebrochen war, hatte Rosa mir einen Zettel hingelegt: »Du solltest noch wissen, daß das Postauto viele Jahre lang der Berna gewesen ist, der, welcher jetzt räderoben im Abgrund liegt. Er ist von einem gefahren worden, der immer sang, Witze riß und einmal mit einem minderjährigen Mädchen schlief, vom Dienst suspendiert wurde und über seiner Liebe verstummte. Inzwischen fährt er wieder; du hast ihn gesehen, ernst, mit weißen Haaren, am Steuer eines modernen Busses mit Panoramascheiben. Die Minderjährige ist volljährig geworden, und ihr Kind erwachsen. Das Kind bin ich. Mein Vater steigt jeden Tag schweigend aus dem Bus und wirft den Postsack in den Hoteleingang – vor meiner Zeit sang er – und fährt dann weiter, ohne zu den Fenstern hinüberzusehen, hinter denen sein Kind steht. Weiter oben, bevor die ersten Kehren beginnen, hält er bei einigen Bauernhäusern und lädt Milchbrenten ein, zwei oder drei nur noch, weil immer weniger Bauern aus dem Flachland im Sommer ihre Kühe in die Berge schicken; die Transportkosten werden ihnen zu hoch, und die Kühe scheißen die RhB voll. In der

Zeit jedenfalls, in der mein Vater in der Kirche unten im Tal kniete, steuerte der Benjamins – er hatte die Schlaglöcher der Straße bis dahin zu Fuß ausgebessert – den Bus, obwohl er keinen Führerschein hatte. Irgendwie war das, angesichts der andern Ungeheuerlichkeit, der Postbehörde entgangen. Benjamin, ein Bub, winkte ihm zu, wenn er vorbeifuhr, damals schon hinter dem Steuer stehend, denn sitzend meinte er den Abgrund nicht zu sehen. Immer mehr Leute gingen zu Fuß den Paß hinauf. Tatsächlich krachte der Bus dann in einen Wohnwagen aus Holland und stieß ihn in ein Tobel hinab, es gab eine lange Untersuchung mit Funktionären aus Chur und Bern, einen ganzen Sommer lang fuhr überhaupt kein Bus, und schließlich schaffte die Post einen neuen an, den mit den Panoramascheiben, und ließ den sündigen Fahrer wieder ans Steuer. Sein Kind – seine Frau war in einen Bach gestürzt – fuhr immer mit, in einer Hängematte zwischen den hintersten Stuhlreihen schaukelnd. Ich kenne auch jede Kurve. Benjamins Vater bekam den Unfallbus für seine Straßenarbeit, und niemand mehr sprach von dem Vorfall, denn eine alte Legende besagt, daß Gott nach dem siebenten Tag das Steuer aus der Hand glitt, und einer von der Alpenpost ergriff es und gab der Welt mit einem kurzen Ruck den Kurs, den sie heute noch steuert. Später hoffte ich viel. Zuletzt starrte ich immer auf die Tür. Ich dachte, einer, den ein Schmerz nach Süden getrieben hat und eine Verzweiflung zurück, wird sie aufstoßen und sagen, da bist du ja, es ist Frühling. Rosa.«

In der ersten Nacht im Küchentisch träumte ich nicht, allenfalls, Rosa und Benjamin seien ineinander verschlungen. Ich fand mich bolzgerade im Bett sitzend und sah gar nichts, tobende Schatten an der Decke, die vom Herdfeuer herrührten. Als ich das nächste Mal aufwachte – der Tisch war hart –, stand der Vorhang offen; es dämmerte; Benjamin stand neben seinem Bett und kleidete sich an. Im andern Bett lag Rosa; ihre Brust hob und senkte sich. Einmal drehte sie sich um und ruderte mit einer Hand durch die Luft, und ich hatte das Gefühl, ihre Augen schauten weit offen durch den Haarwall. Schnell schloß ich meine. Als ich hörte, daß Benjamin etwas umgestoßen hatte, was laut rumpelte, öffnete ich sie wieder und sah ihn erstarrt auf einem Bein stehen. Er sah Rosa an und bückte sich behutsam und hob seine schweren Stiefel auf. Schließlich aber hatte er sie zugeschnürt und eine Wollmütze auf dem Kopf. Er kam zu mir hinüber – sofort schloß ich die Augen –, blieb lange neben mir stehen und fluchte leise in sich hinein. Endlich zupfte er am Mantel, auf dem ich lag. Dann ging er – von hinten sah ich ihn wieder, einen Riesen mit schlappenden Hosen und einem zerfetzten Pullover – zum Bauernschrank, packte das in einen Lappen gewickelte Bild und verließ uns, ohne sich noch einmal umzudrehen. Ich blieb regungslos, bis seine Schritte verklungen waren, rannte dann zu seinem Bett und wühlte mir darin eine warme Höhle zurecht, in der ich schlief, bis helles Licht mich weckte; und das Klappern von Tellern und Tassen, mit denen Rosa über dem Bach hantierte. Sie hatte eine Haut, die ein Leben lang in kühler Luft und kaltem Wasser gewesen war. Lächelte mir zu. Wortlos saßen wir uns dann am Tisch gegenüber, ich am einen Ende, sie am andern, und tranken einen Kaffee, der hell war wie Tee.

Gleich darauf ging ich hinaus in die Sonne, vor der Schwalben lärmten. Die Bergkämme ragten in einen klaren Himmel. Wasserfälle schossen aus den Bäumen; und rechts und links rauschten Schneebretter ins Tal. Von der Haustür weg führte eine Spur schnurgerade über die Ebene und dann den Abhang hinauf, ohne sich um die Kehren der Straße zu kümmern. Hoch oben schon, nahe dem Horizont, bewegte sich ein schwarzer Punkt. Ich hob eine Hand. Was für eine Luft. Dann setzte ich meine Füße in die beiden ersten Tappen – sie versanken darin wie in zu großen Stiefeln – und stampfte los, Schritt für Schritt. Der Schnee war weich und naß. Nie trat ich daneben, ging und ging, rannte fast. Zuweilen kreuzte eine andere Spur die unsre, die eines Hasen oder einer Gemse. Der Bach rauschte bald tief unten. Ich kam an in den Hang geduckten Ställen vorbei, deren Dächer ächzten. Aus einem Lawinenkegel – die Spur verschwand unter ihm – ragte die Spitze eines Kapellentürmchens, dessen Glocke leise schwang. Ich kletterte über das

Durcheinander und fand Benjamins Weg wieder. Wir waren jetzt über den Bäumen; nur einzelne noch kauerten im Sturmhang, Eisgnome mit krummen Stämmen. Mehrmals kreuzte die Spur die Straße, immer aber nahm sie den kürzesten Weg; nur einmal nicht, da umgingen wir hinter Stützmauern verborgen ein Haus, das am äußersten Ende einer Haarnadelkurve stand und aussah wie in den Schnee gemalt; das war die Polizeiwache. Rauch kam aus einem Kamin, und ich konnte, wenn ich den Kopf reckte, einen Polizisten sehen, der nackt im Schnee stand und sich mit Schnee abrieb. Ganz oben – die Straße stieg hier ohne Kurve der Bergflanke entlang – blieb die Spur zwischen den roten Markierungsstangen der Straße. Die Fontäne einer Schneeschleuder wurde über dem Horizont sichtbar, und gleich darauf die Schneeschleuder selber, eine riesige rote Maschine mit gelb blinkenden Leuchten auf dem Dach, vor der ich mich an den Straßenrand rettete, mit den Armen fuchtelnd. Lange grub ich mich dann aus. Die Straße war ein blankgefegter Graben geworden, auf dem ich federnd dahinschritt, weiß von oben bis unten, bis zur Paßhöhe. Geblendet sah ich auf Eistürme und Spalten eines Gletschers, der unter leuchtenden Gipfeln jenseits eines Tals hing. Ich stand auf einem Parkplatz ohne Autos; nur in einer Ecke lag, umgekippt, ein rostiger Einkaufswagen, so wie man sie in Supermärkten gebraucht. Unter mir führte die Straße zu einer Seilbahnstation, vor der sich Skifahrer drängten; eine gelbe Kabine schwebte den Eisbergen zu. Dem Ufer eines milchweißen Sees entlang fuhr ein Eisenbahnzug; Eisplatten schwammen im Wasser, und aus dem darüberhängenden Gletscher stürzten Bäche hinein. Der Zug verschwand pfeifend in einem Tunnel. Ich schwitzte plötzlich – es war, als habe dieser Zug in mir drin gepfiffen – und rannte in den unberührten Schnee eines Grats hinein, der das Tal, aus dem ich kam, trennte von dem mit dem See und dem Gletscher. Ich wühlte mich durch Wächten und glitt über verdeckte Felsplatten. Immer weiter hinter mir lagen die Straße, der Parkplatz, die Skifahrer. Und endlich ragte eine schwarze Felswand vor mir in den Himmel, an der ich mit in den Nacken gelegtem Kopf hinaufstaunte. Ein Stein, von dem Götter Abtrünnige stürzen. Adler kreisten, Dohlen, unter dem Gipfel, um den Wolken dampften. Hier war kein Schnee irgendwo. Ich stand auf warmen Graniten und lauschte; Stimmen sprachen in mir durcheinander und sagten laut, was ich nicht hören wollte, und einmal – sofort waren die andern still – war eine Stimme außen: hoch oben, unter dem Gipfel. Die Vögel flogen nicht anders als zuvor. Einmal glaubte ich ein paar Worte zu verstehen, aber als ich rief, antwortete mir mein Echo. Felszacken, Himmel, Krähen. Schließlich zuckte ich die Achseln und stürzte mich dann, um den Weg abzukürzen, in den schrägen steilen Abgrund, den ich auf dem Hintern sitzend hinunterschoß, bis ich, nahe über unserm Haus, in den ersten Bäumen steckenblieb. Mein Kopf dröhnte. In der Hand hielt ich eine Signalkelle, wie sie Stationsvorsteher verwenden; sie war mir während meiner rasenden Fahrt in die Finger geraten, und ich hatte mich an ihr festgekrallt, ohne die Fahrt dadurch bremsen zu können. Ein letztes Mal sah ich nach oben; ein Wind wehte Schneemähnen vom Grat hoch; darüber der Felsberg. Ich schwenkte die Kelle, in deren Stiel Zeichen eingeritzt waren.

Dann, der Weg durch den Wald war einfach. Ich folgte dem Wasser und kletterte der Seitenmauer des Hotels entlang auf die Straße, auf der die Schneeschleuder gerade angekommen war – der Fahrer nickte mir zu –, und ging über die Brücke und ums Haupthaus herum zu unserm Anbau, wo, am Tisch, Rosa mit einem Mann saß, der ein rotes Gesicht mit einem roten Schnurrbart hatte und eine Uniformjacke über den nackten Oberkörper gelegt hatte. Er war massig, mächtig und schnaubte, wenn er sprach. Rosa und er unterhielten sich, die Köpfe nahe zueinander gebeugt, und nahmen keine Notiz von mir. Das heißt, der Mann sprach, und Rosa schwieg. Einmal entglitt ihr Blick doch seinem und zuckte in meinen hinein. Zwischen beiden standen zwei Weingläser; ein Käppi lag daneben. Jetzt spürte ich, wie sehr mir die Knochen weh taten und legte mich auf Benjamins Bett. Vielleicht träumte ich bereits, daß ich auf keinen Fall einschlafen wollte und endlich den Beamten fragte, ob da oben am Berg jemand wohne;

und daß der antwortete, für diesen Bereich seien nicht sie zuständig, der gehöre zur Wache von Pontresina. Jedenfalls kam mir das Gespräch vor wie ein Verhör mit verschlungenen Händen.

Ich träumte, ich ginge in Benjamins Spuren. Wir trugen beide Skier. Benjamin schwang weite Hänge hinab und hielt schließlich vor der Drehtür eines Hotels, vor dem ein Portier in Pelzkleidern auf- und abschritt. Ich drückte mir die Nase an einem kalten Fenster platt. Benjamin plauderte in einem Salon mit zwei Frauen in Abendkleidern. Der jüngern der beiden spritzte er Champagner auf die Brust und tippte die Tropfen lächelnd mit einem Finger weg. Beide Frauen lachten. Ich, draußen, schlug im gleichen Rhythmus wie der Portier die Hände gegeneinander. Später war ich im Hotel drin und folgte den Verliebten durch lange Korridore, in denen kniende Frauen Schuhe putzten. Ich sammelte Kleidungsstücke ein, Unterröcke, Strümpfe, Strapse. Später ging ich durch einen tiefverschneiten Garten, bis das letzte Licht des Hotels erlosch. Nur der Abendstern leuchtete über den Schattenrissen der Berge. In meinen Ohren gellten Rufe, Anastasias Schreie, während ihr Zar selber in Not war. Noch später saß ich auf einem Arvenstrunk und sprach mit der älteren der beiden Frauen. Sie sagte, es tue ihr leid, daß sie durch den Schnee meiner Träume gehe.

»Ich habe von Ihnen geträumt«, sagte ich zu Rosa, als ich aufwachte. Sie fegte den Dreck auf dem

Fußboden zu großen Haufen und schob sie dann in die Bachrinne.

»So?«

»Sie waren in einem rauchigen Raum, in dem Männer lauerten. Ich wandte kein Auge von Ihnen, trotzdem waren Sie plötzlich verschwunden. Dann löste sich etwas von Ihnen, und Sie lagen am Boden, ein Stoffbündel fast ohne Leben, und ich konnte Sie gerade noch aufheben, bevor Sie sich im Lehm auflösten.«

»Sowas.« Rosa stand in einer Staubwolke und lächelte mich mit einem Blick an, der meine Träume las und ihre verbarg. Nach einer langen Zeit sagte sie: »Die in Chur wissen nicht so genau, wo der Lohn hingeht. Den Anzug haben Sie ja schon gefunden. Und die Werkzeuge sind unten im Keller.«

»Ja. Danke.«

Während ich den orangen Arbeitsanzug mit den Leuchtstreifen anzog – er war so groß, daß das Segeltuch nur so an mir herumschwappte –, wühlte Rosa im Fuß des Bauernschranks herum. Nachdenklich stand sie dann davor und rollte eine Haarsträhne über einen Finger. Als ich zur Tür hinausging, wandte sie mir den Kopf zu. Draußen dachte ich, wenn ich jetzt dem Polizisten ein Fahndungsbild von ihr beschreiben müßte, ich hätte keine Ahnung, was für Kleider sie trug und wie ihre Augen waren.

In den Keller führten ein paar moosbewachsene Stufen. Ich stieß eine Holztür auf und roch eine modrige Luft; Licht kam durch eine kleine Luke. Unter einer niedern Decke – meine Augen gewöhnten sich ans Dämmer – Schaufeln, Zementsäcke, Stangen, Warnschilder, Sperrseile. Ein Teerkessel. An der Hinterwand eine niedre Tür, für Zwerge fast. Ich zerrte sie auf und roch in eine warme Luft hinein. Pinien. Ich hatte einmal geglaubt, daß unter der öffentlichen Welt eine zweite sei, und daß man sie vielleicht durch so eine Tür beträte. Also schnüffelte ich in das Loch hinein, das wahrscheinlich doch nur nach toten Mäusen roch. Egal. Als ich mit einer Hand in die Dunkelheit hineintastete, bekam ich etwas Kantiges zu fassen und zog es ans Licht. Ein geschnitzter Bauernheiland. Ich griff nochmals in die Luke und hatte neues Holz in der Hand; Madonnen über Madonnen. Ich legte schnell den Heiland irgendwohin und schob die Tür zu. Dann schulterte ich eine Schaufel, klemmte mir ein aufgerolltes Absperrseil voller kleiner roter Wimpel unter einen Arm und trat wieder in die Sonne hinaus, wo das Feuer meiner Reflektoren sofort den Umriß meines Körpers in den Schnee schmolz. Diesmal ging ich auf der Straße. Ich pfiff, und Vögel antworteten mir aus Bäumen. Alles lachte. Hoch in den Himmeln verflossen Düsensträhnen von Flugzeugen. Vielleicht fraß mir mein Strahlen wirklich den Weg frei; denn der Schnee war heute schon ein Matsch. Ein Murmeltier pfiff, ein Kuckuck rief, und ich grüßte die grünen Zweige, weil meine Taschen voller Lire waren. Waren da Möwen? Immer hatte ich mir eine tragische vorgestellt, wie sie, das Ziel schon vor Augen, doch noch ins Eis stürzte. Hie und da schaufelte ich Steinbrocken über den Straßenrand oder stampfte Löcher zu. Als ich einen gewaltigen Klotz wegwuchtete, kam ein Postbus mit Panoramascheiben näher und hielt; der Fahrer, ein ernster Mann mit weißen Haaren, nickte mir zu, als er weiterfahren konnte. Aber er kroch dann so langsam bergauf, daß ich, obwohl ich mir Zeit ließ und einmal einen herausgefallenen Stein in eine Stützmauer zurückrammte, nur kurz nach ihm bei der Polizeiwache ankam. Ein Hinterrad war so tief in einem Schlagloch verschwunden, daß er rückwärts fahren mußte und das Hindernis erst im zweiten Anlauf bewältigte. Sofort machte ich mich an die Arbeit. Sand und Steine holte ich hinter der Rückwand der Polizeiwache hervor, die aussah wie die Spiegelung eines Hauses, das ganz woanders stand, auf der andern Seite der Erde oder auf einer fernen Insel in einem Meer. Allerdings trat sogleich ein wirklicher Polizist aus der Tür, neben der drei Mopeds übereinander an die Mauer gelehnt standen, und schlenderte auf mich zu; den Kopf hatte er in den Nacken gelegt. Ich erkannte ihn: er war der, der Rosa verhört hatte. Er grüßte mich nicht, ich nicht ihn, er stand einfach da und sah in die Lüfte, in denen Vögel schwärmten. Zuweilen pfiff er ihre Rufe. Mir rann der Schweiß den Körper hinunter.

»Ich bin der neue Straßenmeister«, sagte ich schließlich und wischte mir die Stirn trocken mit einem Taschentuch, das ich in einer Tasche gefunden hatte, einem verklebten Lappen, der an einer Ecke ein Wappen mit einem Steinbock drauf trug.

»Oh«, sagte der Polizist. »Ist das so?«

»Ich nehme an, Sie sind über das Vorgefallene orientiert«, sagte ich. »Ich habe Sie gestern bei Frau Rosa gesehen.«

Er sah mich an und seufzte. »Ohne Straßen wären Fahndungen wesentlich einfacher.« Er war wirklich sehr groß und dick, sein Schnurrbart urweltlich, und auch unter der Uniformmütze sprossen rote Haare hervor. Vor allem aber waren seine Arme zu lang, oder die Beine zu kurz, oder der Rumpf zu quadratisch. Er sah aus wie aus verschiedenen Polizisten zusammengesetzt. Die Hände waren gewaltig. »Früher konnte ein wendiger Beamter ein Fahrrad im Lauf erhaschen. Aber heute.« Er sah wieder in den Himmel, und seine Hände strichen über die breiten Gebirge seines Bauchs. Jetzt pfiff er wie eine Lerche. Der Himmel war leer.

»Verstehe«, sagte ich.

»Ich habe Sie auf Ihrem Weg die Straße hinauf beobachtet«, sagte er nach einer langen Pause und nachdem er den Ruf der Lerche so oft variiert hatte, daß daraus der Schrei von Bergfinken geworden war, von denen tatsächlich einige über den Schnee gehüpft kamen. »Verzeihen Sie. Wir haben nicht viel zu tun hier. Sie sind, wenn Sie mir die Bemerkung erlauben, eine leuchtende Erscheinung.«

»Vorschrift«, sagte ich. »Wenn ich die Sicherheitsbestimmungen nicht beachte, zahlt die Versicherung nicht.«

»Klar«, sagte er. »Wenn wir erschossen werden, weil wir keine kugelsicheren Westen getragen haben, kriegen wir auch keinen Rappen.« Er tat plötzlich einen erstaunlich geschmeidigen Satz und lag bäuchlings im tiefen Schnee. In seinen Pratzen hielt er einen Bergfinken. Die andern waren unter Kriecharven weggestöbert. Er rappelte sich auf, stopfte den flatternden Vogel in eine Jackentasche, klopfte den Schnee von der Uniform und sagte: »Mein Kollege sammelt sie.« Er nickte zum Haus hinüber, wo hinter dem Fenster ein zweiter Beamter saß und mit einem gelben Plasticlöffel in einem Keramiktopf herumrührte. Ein Gnom wie eine Qualle. »Er ist der Boss hier.« Er sah vor sich hin in den Schnee. »Mich interessiert auch das Mopedfahren nicht mehr.« Er flüsterte beinahe. »Hie und da eine Frau, Sie wissen ja. Mein Kollege, der dritte, sieht wenigstens noch fern.«

»Kann man das in diesem Tal?«

»Wählerisch darf man nicht sein.« Er sah, wie ich, die Bergflanken hinauf. »In Pontresina haben sie neun Programme. Neun. Frauen muß es noch viel mehr geben.«

»Mindestens zwanzig«, sagte ich.

»Der Herr steh mir bei.« Er sah mich mit weit aufgerissenen Augen an. »In diesem Zusammenhang, wußten Sie, daß die Toten –?«

Er verstummte, weil neue Vögel aus dem Tal kamen. Diesmal waren es wirklich Möwen, diese Viecher mit ihrem unglaublichen Mut, sich von liebgewonnenen Küsten zu trennen und in die Kälte hineinzufliegen. Ihre Flügel schlugen über uns. Sie flogen und flogen – viele, viele – und verschwanden endlich über der Paßhöhe, über der, ein weißes Spitzchen, der höchste der Eisberge sichtbar geworden war. Der Polizist hatte die Lippen gespitzt, aber nicht gepfiffen.

»Nein«, sagte ich.

»Man sagt«, sein Gesicht wurde noch röter, »daß Polizeibeamte unsterblich sind.«

»Wer sagt das?«

»Alte Polizeibücher. Es ist eine Frage der Lesart. Es gibt eine ganze Polizeiphilologie.«

»Eine was?«

»Sicher ist«, er zappelte vor Eifer, »daß es Polizisten sind, die die Seelen der Verstorbenen über den Totenfluß rudern. Ehrlich, ich frage mich oft, ob ich überhaupt lebe. Wie wirke ich denn auf Sie?«

Er sah mich aus himmelblauen Augen an, in denen das Wasser stand. In seiner Tasche tobte der Vogel. Ich dachte, ich weiß, weshalb sie den da ans Ende der Welt versetzt haben.

»Sie strotzen vor Gesundheit«, sagte ich.

»Eine andere Frage«, sagte er und lächelte durch die Tränen hindurch. »Haben Sie schon einmal jemanden totgeschlagen?«

»Nein. Natürlich nicht.«

»Natürlich nicht.« Er sah mich an. »Ich könnte mich ja selber dahinterklemmen, aber so ein Totschlag läßt sich mit der Würde meines Amts schlecht vereinbaren.«

»Wenn Sie's in Notwehr tun«, sagte ich, »kriegen Sie keinerlei Schwierigkeiten.«

Seine Augen leuchteten. »Ich träume oft davon, ich habe am Totenfluß Dienst, und es kommt einer, der noch ein bißchen lebendig ist, und ich haue ihm meine Schaufel über den Schädel.«

Er lachte, ein Wiehern, vor dem die Bergfinken aus ihren Verstecken aufstoben. Dann sahen wir über das Tal hin, bis das Echo seines Gelächters von der Wand des gegenüberliegenden Felsbergs zurückkam; nun klang es wie ein Meckern. Unter die Tür war inzwischen ein dritter Polizist getreten, ein blutjunger spindeldürrer Mensch, der einen Feldstecher vor die Augen hielt und den Horizont absuchte. Zuweilen stampfte er mit dem Fuß auf. Dem hat, dachte ich, die Einsamkeit des Dienstes auch nicht gutgetan.

»Ich muß jetzt gehen. Der Frühling bringt viel Arbeit mit sich.«

»Wem sagen Sie das«, sagte mein Polizist. Als ich mich nach einiger Zeit umwandte, stand er noch immer an derselben Stelle, eine massige Gestalt, für die es in keiner Kaserne der Welt passende Uniformteile geben konnte. »Was für ein Wetter«, rief er. »Diese verdammte Polizeistation ist meistens von

Nebeln umwallt, und die Stürme schwemmen Geister mit, die brüllen vor Schmerz. Wenn das Wetter wieder gut ist – nur Regen –, rächen sich die an uns, nicht am Wind; mit dem Wind werden sie nicht fertig.« Er salutierte und ging mit energischen Schritten auf die Tür zu, die ihn gleich darauf aus der Landschaft wegschlürfte. Auch die beiden andern Polizisten waren verschwunden. Friedlich stand das Haus im Schnee. Ich wanderte die Straße hinauf, warf hie und da einen Stein in den Abgrund, trat ein Schneebrett los oder legte eine Abflußrinne frei. Nun war der Himmel still.

Auf dem Paßhöhenparkplatz standen zwei, drei Autos mit Skiträgern auf den Dächern. Ich legte Absperrseil und Warnschild in den Einkaufswagen, stellte die Schaufel daneben und ging auf dem Weg weiter, den ich gestern in den Grat getreten hatte. Ein Befehl. Diesmal aber ließ ich meinen Blick schweifen. Vor mir verdunkelte die Bergwand die Sonne, links stürzte der Hang ins Tal hinab, rechts barsten Eisplatten im See. Ein Motorboot, in einer Bucht angetäut, schaukelte auf kleinen Wellen. Wieder rumpelte eine Bahn dem Ufer entlang und verschwand im Tunnel. Der Gletscher, sein Hauch kam kalt übers Tal. Über ihm brannte wie weißes Feuer die Spitze des höchsten Bergs. Ihn hatte ich vor zwanzig Jahren zu besteigen geträumt und vor zehn Jahren tatsächlich bestiegen. Geträumt hatte ich von Frankfurt aus; da versuchte ich eine Lehre bei Hartmann & Braun auszuhalten, kam jede Nacht betrunken nach Hause und stellte mir meine Befreiung wie einen Gipfelsturm vor. Bestiegen hatte ich ihn von Pontresina aus zusammen mit einem Bergführer, der ständig einem Kollegen zujodelte, der die weit entfernte Flanke eines andern Bergs hochkletterte; mein Vater verfolgte meinen Aufstieg mit einem Fernrohr, in das er alle drei Minuten zwanzig Rappen einwerfen mußte; abends saß er mit seinem Fez auf dem Kopf in der Pension und bescherte den Gästen Fernsehprogramme, die diese anglotzten, bis einer sich getraute, wieder den einheimischen Sender einzuschalten. Die Traumbesteigung war voller Schründe und Spalten gewesen; oben hatte ich als erster Spuren in einen jahrmillionenalten Harsch getreten. Als ich wirklich oben ankam, mußten wir warten, bis eine Gruppe vor uns den Gipfel freigab und der Führer mir die Hand drücken konnte. Jetzt jedenfalls sah ich wieder eine breite Gehrinne, in der sich schwarze Punkte bewegten. Wie schnell man Träume aufgibt, dachte ich, wie schmerzlos; zwanzig Jahre genügen.

Ein Fußweg führte vor mir die Wand hinauf. Seine Kehren waren das verkleinerte Spiegelbild der Paßstraße, die von hier aus wie für Spielautos aussah. Der Weg war schmal und schneefrei; ich ging ihn ohne Mühe. Zuweilen stürzte ein Stein von oben herab und sprang dann weit unten über Schneefelder, in denen Gemsen standen. Obwohl der Zickzackweg im Schatten lag, wurde mir bald so heiß, daß ich meinen Arbeitsanzug auszog und hinter einem Stein liegenließ. Meine Füße begannen zu brennen. Aus Nischen und Erdbändern wuchsen Blumen aller Art; Vergißmeinnichte, Pelzanemonen, Enziane, Männertreue. Vögel flogen auch hier, aber sie kamen mir farbiger vor. Sie hatten Schreie, die ich nicht kannte. Manchmal blieb ich stehen und spitzte die Ohren.

Ich hörte die Stimme, als ich schon beinah auf dem Gipfel war. Es war die einer Frau. »Ich habe es geschafft«, krächzte sie auf einmal ziemlich nah über mir; aber für wen? »Durch diese ganze Wüste bin ich gekeucht. Da. Seht meine torkelnden Spuren, die Hände und Füße.« Ich verdrehte den Hals, sah jedoch nur Gemstappen und im Himmel kreisrunde Wolken. »Immer hatte ich den Blick auf die flirrende Stadt der Verheißung am Horizont gerichtet. Jetzt stehe ich vor dem Tor, und es ist eingestürzt.«

Während sie rief, stieg ich bergauf. Vögel flogen Kreise. Aus den Kelchen großblättriger Blumen krochen Käfer. Und bald war die Stimme so nahe, daß ich die Frau atmen hörte zwischen ihren Sätzen. Es klang wie Asthma.

»Wo sind die andern?« rief sie. »Herrlich ist die weiße Stadt. Aber niemand klagt an ihren Mauern. Ich bin zu spät gekommen. Ich habe den Jüngsten Tag in der Wüste verschlurft. Es wird kühler, denn für nichts und wieder nichts heizt der Herrgott seine Erde nicht.«

Immer wenn sie schwieg, rührte auch ich mich nicht. Ihr Atem rasselte über mir, dazu gesellten sich allmählich andere Geräusche, Kratzen und Scharren, und plötzlich kullerte eine leere Thunfischbüchse an mir vorbei. Dann kamen eine Wursthaut, Schokoladepapier und ein Fernet-Branca-Fläschchen geflogen. Die Frau schmatzte beim Essen, und einmal rülpste sie. Die Blumen um mich herum dufteten wie in den Tropen; Eidechsen huschten über heiße Steine, die mir die Hände röteten.

»He, Sie«, rief ich.

Sofort stürzten Steine herab, und Schritte rannten davon. Ich hastete zum Gipfel hinauf – eine plötzliche Sonne blendete mich – und sah eine Frau durch ein schräg geneigtes Blumenfeld rennen. Sie bewegte sich so schnell, daß nur ein immer höheres Tempo ihren Sturz verhinderte. Schwertlilien fetzten durch die Luft, und Schmetterlinge wirbelten in ihrem Sog; lange nachdem sie hinter einem Fels verschwunden war, schaukelten noch Blüten zu Boden. In den Blumen blieb ihre Schneise.

Die steile Nordwand hatte mir den sanft nach Süden geneigten Hang verborgen, der erst weit unten steiler wurde, sich in ein abweisendes Geröllfeld verwandelte und dann ein Abgrund wurde. Im Tal die Kehren der Eisenbahn, gegenüber der Gletscher und die Eisriesen, und tief unten die schimmernden Häuser des Orts, wo ich bei den brüllenden Damen gesessen hatte. Es windete.

Als ich ein paar Schritte auf ein steinernes Kreuz zuging, flogen aus dem Gras grüne Vögel auf, ein fliegender Rasen. Sie stießen Laute aus, die Gott, wenn er sie erschaffen hatte, nicht für Vögel gemeint haben konnte.

»In Afrika«, brüllte ich, »gibt es Pygmäen, die jodeln, wenn sie auf ihre Elefanten klettern. Weil: die am Wasser rasseln und scheppern; die in der Wüste hauchen und rauschen; die in den Steppen knarren und stöhnen; die in den Bergen aber singen in Terzen und Quinten; das Echo schult sie.«

Ein runzliges Gesicht mit weißen Haaren und großen Augen lugte hinter einem Fels hervor. Ich dachte, sie ist mindestens achtzig und läuft wie ein Hase. Wir sahen uns an. Um ihren Blick nicht zu verlieren, rief ich:

»Zwar ist Afrika flach« – ihr Gesicht verschwand, als habe es ein Schneeball getroffen –, »aber die Pygmäen wohnen in kreisrunden Lichtungen im Urwald. Die Bäume werfen ihre Gesänge zurück wie die Berge die Rufe der Sennen. In wilden Galoppen jagen sie Büffel und Löwen auf trompetenden Elefanten.«

Die Frau sprang auf und purzelte das immer steilere Blumenfeld hinab. Im Geröll rutschte sie aus und glitt auf dem Hintern weiter und verschwand, klein geworden, dort, wo der Abgrund begann. Einige Minuten noch rieselten Steine in ihrer Spur. Dann war es still. Die Sonne stand über dem Gletscher, und aus dem Tal leuchteten Lichter. Die Vögel waren weg. Das darf doch nicht wahr sein, dachte ich; es war aber wahr.

Da ich keine Werkzeuge bei mir hatte, nichts, nahm ich einen spitzen Stein und ritzte meinen Namen ins Gipfelkreuz. Dann ging ich den Zickzackweg hinab, zog den Arbeitsanzug an und war bald auf dem Grat. Es war dunkel und kalt geworden. Meine Zähne schlugen gegeneinander, als ich mich in den Abgrund stürzte und die schon vertraute Spur hinunterglitt, bis beinah vors Haus, vor dem mir einfiel – ich zitterte jetzt am ganzen Körper –, daß ich alles Arbeitszeug auf der Paßhöhe vergessen hatte. Aber Rosa stand am glühenden Herd und rührte mit einem großen Löffel in einem widerspenstigen Mais; und als dann ich diesen Löffel in der Hand hatte, dachte ich, daß ich einmal mit der Frau in Venedig an einem Kanal gestanden hatte, und sie hatte zu den Sternen hinaufgerufen, in ihr verglühe, wer ihr zu nahe komme. Wir lachten, aber ihre Augen verschwammen so im Mondlicht, daß wir plötzlich ohne Atem waren. Sie schmolz in mich hinein. Tote können durch Mauern stürzen und sind so schnell über einem, daß keine Zeit bleibt, die Außenhaut zu härten. Dann stellte Rosa die Pfanne auf den Tisch. Wir aßen. Ich stopfte den Mais in solchen Mengen in mich hinein, daß Rosa ihren Löffel weglegte und mir zusah und, als ich fertig war, klatschte. Wir tranken und sahen uns an. Das Herdfeuer knisterte. Als sie später einmal nach meiner Hand griff, schoß ich auf, stürzte auf mein Bett und träumte sofort. Später erwachte ich; ich trug immer noch den Arbeitsanzug; Rosas Schatten schwankte auf dem Vorhang auf und ab, und als ich diesen ein Augbreit auseinanderschob, sah ich sie im Bach stehen und sich waschen. Die Reflektoren meines Anzugs ließen orange Flecken auf ihrer Haut herumtanzen, die braun war, als sei sie einen Winter lang der Sonne ausgesetzt gewesen. Sofort schlief ich wieder und träumte, ich flöge um einen hohen Berg herum und lande neben dem Gipfelkreuz und merke zu spät, daß ich das Starten verlernt hatte, so daß ich langsam versteinerte, bis auch der stärkste Sturmstoß mich nicht mehr umwarf. Da stand ich. Touristen kritzelten meinen Namen auf mich, ich meine, ihren.

Am nächsten Morgen lag Rosa mit einem verdrehten Körper in ihrem Bett und hatte die Decke weggestrampelt. Ihre Brust hob und senkte sich langsam, als ich sie zudeckte; wieder waren ihre Augen unter den Haaren verborgen. Draußen ging die Sonne zwischen Arven auf. Strahlenbündel leuchteten durch die Äste. Der Bach, obwohl er viel Wasser führte, floß geräuschlos. Die Eisränder um die grünen Wiesenflecken herum waren noch starr, aus keinem Kamin kam Rauch, und der Schnee ums Haus trug mich, als sei ich eine Feder geworden über Nacht. Erst als ich die Straße hinaufging, weckte die Sonne die Vögel; von allen Ästen begann es zu tropfen. Auch die Polizeiwache erwachte gerade; der ungeschlachte Polizist stand in einem Netzhemd hinter dem Fenster und gähnte; der alterslos kleine, der ein Nachthemd mit den Gradabzeichen eines Sergeanten trug, putzte die Zähne an einem Wasser, das aus einer Holzrinne sprudelte; und der dürre nahm den Daumen aus dem Mund, als er mich sah. Ich winkte ihnen.

Kurz vor der Paßhöhe überholte mich wieder der Postbus, in dem heute mehrere Fahrgäste saßen. Auf dem Parkplatz kam gleichzeitig mit mir ein Auto an, aus dem laut plappernde Skifahrer rumpelten. Ich ging natürlich über den Grat bis zur Wand, deren Zickzackweg mich wieder zum Schwitzen brachte. Ich wollte diesmal, so wie von zwei Cowboys jener gewinnt, der schneller zieht, als erster rufen, etwas, was so sehr von ihr handelte, daß sie nicht fliehen konnte. Aber sie kam mir zuvor. »Es gab eine Zeit«, bellte sie so plötzlich in den Abgrund hinaus, daß ich stolperte und zwischen Kakteen und Disteln fiel, »in der Maler Auberginen malten, ohne sich zu schämen. Sie saßen auf sonnigen Vorgebirgen und sahen über das Meer. Verfallende Hotels« – das Echo eines Hustenanfalls rollte über das Tal –, »verfallende Hotels an blauen Seen waren voller Russen im Exil, deren Bilder Brüder und Schwestern zeigten, die umschlungen im Ginster der Erinnerungen schliefen.« Wieder hustete sie. »Erinnert ihr euch an jenen uralten Maler, der Stierkämpfe liebte? Er malte und malte, weil er nicht abgestochen werden wollte. Immer stand er mit einem Bein in Blumen, mit dem andern in heißem Sand. Oh, es gab eine Zeit, in der die Menschen den Himmel liebten.«

Vorsichtig rappelte ich mich auf, zog ein paar Stacheln aus meinen Händen und schob den Kopf in die Gipfelsonne hinein. Sie stand neben dem Kreuz. Ihre weißen Haare flatterten in einem heftigen Wind. Sie war klein wie eine versteinerte Schnecke, sah mit zusammengekniffenen Augen ins Tal hinunter und rief: »Was hilft das uralte Wissen, daß die Liebe ein Wahn ist. Der Einzige ein Bild, hinter dem, zugedunkelt, ein anderes steht. Denn wenn ich den falschen Einzigen erblicke, fährt dennoch ein Blitz in mich. Ich sage Worte, die halb ihn, halb das dunkle Bild meinen, und wenn wir dann, im Mondlicht im Park, beieinanderliegen, ringe ich mit einem Gespenst, und er reitet auf einem Phantom.«

Als sie schwieg – sie zündete sich, hinters Kreuz gebeugt, eine Zigarette an –, kletterte ich ins Freie und rief: »Wer sagt, daß in den Kellern nicht Zwerge sind, unsre Ebenbilder, die unser Leben nochmals leben, gleichzeitig mit uns.«

Auch meine Sätze hallten. Die Augen der Frau tauchten hinter den Kreuzsteinen auf und richteten sich wie Scheinwerfer auf mich. Gleichzeitig durchschüttelte sie ein Husten, während dem sie die Zigarette nicht aus dem Mund nahm. Danach drehte sie mir brüsk den Rücken zu und rief in den Abgrund: »Natürlich steigt man nicht zweimal in denselben Fluß, ihr blöden Chinesen. Man kann aber zweimal in den Golfstrom steigen, zehnmal, denn der Golfstrom ist ein Wirbel aus immer demselben Wasser. Eine

Runde dauert ein Jahr. Wer sich treiben läßt ohne eine Bewegung, bleibt immer gleich alt und wird nie sterben. Ich habe es versucht. Am dritten Tag machte ich den ersten Flossenschlag, am fünfzigsten zog ich an einem uralten Inka vorbei, der mich ansah, ohne den Kopf zu schütteln.«

Sie drehte sich wieder um und sagte: »Hä?« Ihre Stimme war rauh und leise. Weil sie ihre Zigarette zwischen den Fingern vergessen hatte, mußte sie die Glut in einem plötzlichen Veitstanz von sich schütteln; sie fluchte. Ich formte mit den Händen einen Trichter und rief in die Lüfte hinaus: »Einmal hielt ich meinen Vorrat für unerschöpflich, volle Kornkammern, deren Türen ich den Mäusen offenhielt. Heute sitze ich vorm Ofenloch, hole Brote heraus und lege sie jedes einzeln auf ein Brett. Sie sehen alle ähnlich aus seit Jahren. Ich backe nur eine Sorte Brot aus nur einer Sorte Korn. Hm?«

Die alte Frau nickte, wippte zum Abgrund – sie hob die Röcke mit spitzen Fingern –, spuckte aus und brüllte: »Ich kannte einen, dem fiel ein Stein vom Herzen, als seine unsterbliche Gebliebte endlich tot war. Wenn sie plötzlich die Tür geöffnet hätte und gesagt, da bin ich.«

Sofort schritt auch ich zur Felswandkante: »Ein Mann rief nach vierzig Jahren seine Kinderliebe an und sagte: Entschuldige, daß ich mich nicht früher gemeldet habe, meine Frau ist nie krank geworden bis heute.«

Jetzt hüpfte die Frau auf und ab und schrie dazu mit einem roten Gesicht: »Mein Zug fährt auf zwei zischenden Schlangen, die meine Beine auseinanderreißen und nach mir züngeln. Wie war der?«

»Nicht übel. Aber warum stehen Sie hier oben und brüllen so Zeug ins Tal?«

»Meier«, sagte sie und kam mit einer ausgestreckten Hand auf mich zu, während ihre Augen gleichzeitig einem Zug nachsahen, der tief unten in einer Lawinengalerie verschwand. »Ich heiße Meier. Ich wohne hier.«

Sie schüttelte meine Hand, ohne ihren Blick vom Zug zu lassen, bis dessen Schlußlicht verglüht war. Ihre Hand war kräftig, und jetzt, wo sie vor mir stand, hörte ich wieder ihren rasselnden Atem. Statt Kleider schien sie viele Tücher übereinander zu tragen; sie war wie eingewickelt. Ihre Füße steckten in Militärschuhen, solchen, die eigentlich nur an Männer ausgegeben werden.

»Wo?« sagte ich.

Sie wies mit einer ziemlich umfassenden Handbewegung das Blumenfeld hinab, irgendwo in die Steine hinein. »Alles vulkanisch. Bodenheizung, wenn Sie so wollen. Manchmal spritzt Lava aus Felsritzen.«

»Jetzt verstehe ich«, sagte ich und sah auf großblättrige Blumen, in denen Bienen summten. »Enzian?«

»Mohn. In der Zwischenzeit ist mir aber Fernet-Branca lieber. Die Vögel sind aus der Zoohandlung in Pontresina. Wollen Sie einen Kaffee?«

»Gern«, sagte ich.

»O.k.«, sagte Frau Meier. »Ich hau nur noch schnell einen letzten drauf.« Sie ging zum Abgrund und brüllte: »Warum soll ich nicht in Fettnäpfen wandeln? Mancher Napf ist mir ein fester Pfad. Ich stieg auf den Parnaß, den Berg der Götter und Dichter. Skifahrer« – ihre Worte versanken im Abgrund – »wedelten darauf in einem griechischen Stil. Weiter unten Schafe, und ich zwischen ihnen. Ein Hund um uns herum. Froh biß ich in Salbei und Lorbeer.«

Ohne ein Echo abzuwarten, drehte sie sich um. »Das wärs für heute.« Sie hob eine abgewetzte Ledermappe auf, die am Gipfelkreuz gelehnt hatte, stopfte ihre Picknickreste hinein und ging, ohne mich anzusehen, das Blumenfeld hinunter. Ich hastete hinter ihr drein. Während sie sicher und stetig Fuß vor Fuß setzte, glitt ich immer wieder auf den Gräsern aus oder stolperte über versteckte Wurzeln. Blumen blieben zwischen meinen Fingern hängen. Ich rannte, so schnell ich konnte, und blieb doch hinter ihr zurück.

»Sie haben sich ganz gewiß gefragt«, rief sie, ohne sich nach mir umzuwenden, »wie ich das hinkriege, jeden Tag.«

»Nein«, keuchte ich.

»Ich mache mir keinerlei Gedanken, wies weitergeht.«

Nun führten ihre Spuren – den Kopf zu heben hatte ich keine Zeit mehr – durch immer steileres

Geröll, und bald rutschte ich, mit den Armen rudernd, in einem Fluß aus Steinen. Es ging immer schneller. Als ich wieder Fuß faßte – von meiner Schwerkraft weitergetrieben, rannte ich noch ein Dutzend Meter über Felsbrocken –, stand ich an der Kante des südlichen Abgrunds. Ich lauschte; nur Wind; ich rief; ging dann zwischen urweltlichen Steinsäulen, bis ich vor einer Art Iglu aus Felsquadern stand. Leere Vogelkäfige und Blumenkästen an der Außenmauer, an der kleine weiße Rosen emporwuchsen. Die Tür, ein Schlupfloch, stand offen. So kroch ich in eine warme süße Luft, in der ein Streichholz aufflammte. Frau Meier kniete vor einem Ofen und zündete Papiere und Holz an, und gleich darauf eine Campinglampe, die von einem rauschenden Gas gespeist wurde und ein helles Licht verbreitete. »Setzen Sie sich.«

Während ich mich auf den einzigen Stuhl setzte – er stand vor einem Stehpult, dessen Beine abgesägt worden waren –, suchte Frau Meier unter Papierstößen nach Tassen und Löffeln. Ihr Haus, auch von innen eher ein Felskeller, war vollgestopft mit Ferngläsern, Steigeisen, Seilen, Büchsen, Theodoliten, Kameras, Leitzordnern, Bergschuhen und dazwischen überall Eisenbahnutensilien: Kursbücher, Warnlampen, Knipszangen. Die Wände waren mit Papierbögen beklebt, die fast alle milchblau bemalt waren und kleine Inschriften in einer spitzen Tuscheschrift trugen. Frau Meier stellte eine Tasse mit Kaffee vor mich hin und sagte: »So.« Ich sagte danke und trank einen

Schluck. Der Kaffee war gut, so etwas wie ein Espresso; sie trank ihn aus einem Blechbecher. Dann saß sie da, mit einem Gesicht, als horche sie ins Erdinnere. Sie hatte eine spitze Nase und Zähne, die in alle Himmelsrichtungen aus ihrem Mund wuchsen. Ihre Runzeln bildeten ein Netz, das ihr Gesicht zusammenhielt.

»Niemand hört Sie«, sagte ich.

»Sie haben mich gehört.«

»Mit einem wie mir können Sie nicht rechnen. Ich bin völlig zufällig hier.« Ich zog die Signalkelle mit den eingeschnitzten Zeichen aus der Tasche und gab sie ihr. »Wissen Sie, was das ist?«

»Eine Signalkelle.«

Sie sah sie dann aber doch an; befeuchtete sogar einen Daumen und rubbelte auf einigen Schnitzzeichen herum; nickte. Ich sah ihr zu und dachte, soll ich ihr sagen, ich hätte mich jemandem so nahe gefühlt, daß, als wir uns trennten, die verwachsenen Häute nicht den Rändern der Körper entlang gerissen seien?

»Wieso kommen manchen Leuten gemischte Chöre völlig normal vor?« sagte ich.

Frau Meier hörte mich nicht. Sie notierte etwas in ein winziges Notizbuch. Dann legte sie die Kelle zu den andern Gegenständen hinter ihr.

»Ich schreibe die Geschichte Bubiens«, sagte sie.

»Bitte?«

»Bubiens. Sie wollen doch nicht sagen, Sie haben noch nie etwas von Bubien gehört?«

Ich kratzte mich am Kopf. »Im Moment ist er mir nicht ganz präsent«, sagte ich. »Ist er ein französischer Revolutionär?«

»Bubien ist ein Land«, sagte Frau Meier. In der Tiefe rumpelte ein Zug vorbei, und Frau Meier stand auf, öffnete die Tür einen Spaltbreit und sah hinaus, bis ich nur noch das Rauschen des Winds hörte. Obwohl im Ofen ein kräftiges Feuer brannte, fröstelte ich. Ich dachte, wenn ich in Frankfurt jemandem erzähle, daß im Gletschereis Menschen leben, sperren die mich ein.

»Schon mal was von Hitler gehört?« sagte Frau Meier von der Tür aus und sah mich mit Augen an, die Dolche geworden waren. Sie schnaufte.

»Ja«, sagte ich.

»Von mir?«

»Nein.«

»Das meine ich.«

Sie stocherte im Feuer herum, obwohl dieses loderte. Dazu atmete sie durch ihre Zahnlücken aus. Die Luft im Iglu hatte sich zusammengezogen oder war heißer geworden, oder Frau Meier brachte sie zum Vibrieren. Sie wühlte jedenfalls hinter einem hohen Stapel himmelblauer Papiere und brachte eine Flasche Rotwein zum Vorschein, deren Hals sie sich in den Mund steckte. Nachdem sie geschluckt hatte, setzte sie sich wie erlöst auf die Papierbögen – sie sanken unter ihrem Gewicht in sich zusammen –, hielt mir die Flasche hin und strich sich mit dem

Ärmel über den Mund. Ich trank auch und gab die Flasche zurück.

»Wo liegt denn dieses Bubien?« sagte ich.

»Wenn ich das wüßte.« Sie korkte die Flasche zu. »Ich habe mein halbes Leben dort zugebracht. Aber dann war ich in Deutschland, und seither finde ich den Grenzübergang nicht mehr.«

»Das gibts doch nicht«, sagte ich.

»Das Problem ist«, fuhr sie fort und schnaufte, »Bubien ist nicht sehr breit. Um die Wahrheit zu sagen, es ist außerordentlich schmal. Eng. Ich erinnere mich. Das ganze Land folgt einer Eisenbahnlinie. Es muß ein paar hundert Kilometer lang sein, aber rechts und links von den Geleisen ist es nur ein paar Dutzend Meter breit. Wenn man quer zu ihm geht, kann man es leicht übersehen.«

»Wenn man längs –«, sagte ich.

»– dann sowieso. Wahrscheinlich gehe ich seit siebenundfünfzig Jahren längs.«

Wieder trank sie aus der Flasche. Um sie nicht darauf aufmerksam zu machen, daß sie mich diesmal vergaß, sah ich mir die Bücher in ihrem kleinen Regal an. Die Titel auf den Rückenschildchen waren verblaßt; aber ich glaube, es waren Bestimmungsbücher für Heilpflanzen und Vögel.

»In der Schule«, sagte ich dann, »kam Bubien nicht vor.«

»Die Bewohner nennen das Land so.« Wieder schnaufte Frau Meier und sah mich an wie ein

Mörder. »Niemand sonst. Der Tyrann schon gar nicht. Die Hauptstadt heißt wie er.«

»Hitler.«

»Unsrer hat nie jemanden umgebracht. Glaube ich. Es ist lange her. Er muß jetzt uralt sein. Ich stelle ihn mir mit struppigen weißen Haaren, einem Schnauz und einem zugekniffenen Auge vor. Vielleicht spinnt er inzwischen.«

»Haben Sie ihn denn einmal gesehen?«

»Dazu war er zu groß. Sein Zeigefinger hätte mich schon erschreckt. Sein Atem entwurzelte Bäume, und wenn seine Stimme über die Stadt brauste, wirbelten Ziegel durch die Luft. Niemand war gegen ihn versichert. Einmal wachte ich am Morgen auf, und vor dem Haus stand ein neuer Wald mit hundertjährigen Eichen.«

»Merkwürdig.« Ich trank einen Schluck aus ihrer Flasche.

»Gell.« Ihr Gesicht glühte. »1923 bin ich mit dem Fahrrad nach München gefahren. Es war nicht sehr weit; ich wollte ja auch wieder zurück; Bubien war kein Land, in dem man jemanden einsperrte.«

Ich starrte sie an; die Flasche gab ich nicht mehr aus der Hand. Sie lächelte, holte, ohne hinter sich zu sehen, eine neue unter dem Papierstapel hervor, entkorkte sie und setzte sie an den Mund. Die Luft im Raum hatte sich wieder ausgedehnt.

»Ich wollte Hitler in die Luft sprengen. Aber die Bombe ist zu spät explodiert.« Sie leckte einem

Weintropfen auf der Oberlippe nach. »Dabei hatte ich wochenlang geübt. Alle meine Apfelhurden waren in Trümmer gegangen. Irgendwie war die Thermik in diesem Bürgerbräukeller verfälscht, wegen dem Bier wahrscheinlich. Die Zeit lief anders.«

»Sie waren das«, sagte ich.

Stumm sahen wir ins Feuer. Der Wind rüttelte an der Tür. Frau Meiers Atem rasselte. In mir drückte etwas gegen die Deckel, die den Gefühlsgefäßen aufgeschraubt sind. Meine Hände surrten, und ich konnte nur im Rhythmus meines Herzschlags atmen. Ich starrte auf eins der milchigblauen Blätter an der Wand; sein Blau war von feinen Schraffuren überzogen, und hie und da standen Ziffern drin.

»Bubien?«

»Die Schweiz«, sagte Frau Meier. »Ich bin dabei, die Schweiz zu kartografieren.«

»Hat das nicht schon jemand getan?«

»Wenn ich damit fertig bin, mache ich mich an Italien. Dann an Afrika; vielleicht sogar an Deutschland. Irgendwann werde ich auf Bubien stoßen.«

»Ich will nicht unhöflich sein« – ich machte eine Handbewegung –, »aber ist das nicht ein bißchen eine Marotte?«

»Nein.« Frau Meier stand ächzend auf und fuhr mit einem Finger über das Blatt vor meinen Augen. »Meine Karte hat den Maßstab 1 : 1. Die Arbeit daran nimmt ziemlich viel Zeit in Anspruch. Das hier ist der See da unten. Ein Teil davon. Er ist schwer zu zeichnen. Ich habe ein Boot, mit einem Außenbordmotor, aber ich muß wie ein Teufel aufpassen, daß mir das Wasser nicht unter der Hand wegrutscht.«

»Aha.« Ich nickte. »Und was sind das für Ziffern?«

»Die Meereshöhen.«

»Verschiedene? Ist der See schräg?«

»Die Wellen«, sagte Frau Meier. »Manchmal sind sie bis zu zwei Meter hoch. Die Fünfundzwanzigtausenderkarten der Landestopografie sind nicht viel mehr als Schätzungen. Meine Karte wird die Geräusche wiedergeben, die Temperatur, den Wind, die Gerüche. Da. Sehen Sie.«

Ich ging nahe zu ihr hin, deren Finger auf mikroskopisch kleine Schriftzeichen im gemalten Wasser zeigten. Ich las: Plätschern; 4 Grad C; Föhn; Dieselöl.

»Dieselöl?« sagte ich. »In einem Bergsee?«

»Ich notiere unbestechlich, was ich feststelle.« Sie saß hochaufgerichtet auf ihrem Stapel, eine Sitzriesin. »Meine Karte wird flächen- und winkeltreu sein vom Pol bis zum Äquator.«

»So groß ist die Schweiz doch gar nicht.«

»Entschuldigen Sie«, sagte Frau Meier und kramte ein neues Blatt unter sich hervor. »Ich habe so selten die Gelegenheit, von meiner Arbeit zu sprechen. Schauen Sie.« Sie löste die oberste Schicht wie eine Folie ab. Darunter kam eine andere Zeichnung zum Vorschein, wieder mit Wasserfarben gemalt und mit feinen Tuschezeichen beschriftet. »Jede Schicht ist ein

Weltalter. Nach jeder Weltenexplosion hat das Land naturgemäß anders ausgesehen. Im dritten Weltalter gab es hier Eisechsen und Flugpinguine. Heute sind wir im siebenten.«

»Toll.« Ich nahm das Kartenblatt in die Hand und hob vorsichtig weitere Folien ab. So hatte es also im fünften Weltalter ausgesehen; der Abdruck eines riesigen behaarten Zehs in blauem Eis; Bise; minus 53 Grad C; Dieselöl.

»Schon wieder?«

Sie hob hilflos die Schultern. »In den dreißiger Jahren schon habe ich vom Schrumpfen der Berge geschrieben. Daß sie sich nach innen zurückziehen. Der Erdkern ist voller unschuldiger Gipfel. Ich habe meine Studie der Zeitschrift *Nature* überlassen, aber sie haben sie nicht gedruckt, nur einen Satz aus meinem Begleitschreiben in den Leserbriefen.« Sie sah mir in die Augen. »Sehr geehrte Herren, seit Jahren lese ich Ihre Zeitschrift mit großem Interesse.«

Wieder saßen wir stumm da. Frau Meier keuchte, weil sie zuviel, nicht weil sie zuwenig Luft hatte. Auch sie war einer dieser Vulkane, in denen die Leidenschaften stets brodeln, aber nur dann und wann ausbrechen. Denkbar war es, daß sie nach einer Flasche griff und einem Gast über den Schädel haute.

»Ich muß gehen«, sagte ich. »Rosa kocht.«

»Wer?«

»Ich wohne mit ihr da unten hinter dem großen Haus. Früher waren da noch ein alter und ein junger

Mann, aber der alte ist tot.« Sie hob den Kopf. »Der junge ging plötzlich weg.«

Auf ihrem Papierstapel sah sie wie ein Stoffballen aus. Als ich aufstand, rührte sie sich nicht; sie schien meine Hand zu übersehen. So ging ich still in eine kühle Abendsonne hinaus, die die Gratränder goldrot färbte; in ihrem Lichtbrand schienen sie näher zu sein als das schwarze Tal davor, sogar als mein Weg, der in einem blassen Dunst verschwand. In einem kniehohen Nebel watete ich dann zwischen den Steinsäulen hindurch, die Gerölle hinauf, durch die Blumen bis zum Gipfel, um den der Wind sang. Hier war noch ein Rest Sonne. Unten, im Dunkeln, stand Frau Meier zwischen Felsbrocken und bewegte den Mund.

»Was?«

»Bei ungenauer Kartografie übersieht man schnell einmal fünfzig Meter«, rief sie. Weinte sie? Ich hob eine Hand und ging den Zickzackweg hinunter; über mir eine Milchstraße wie noch nie, ein Sternenstrom, aus dem zuweilen eine Schnuppe sprang, übers schwarze Firmament raste und hinterm Horizont verschwand. Nie war ich mit dem Wünschen schnell genug. Gerade als der erste Schnee unter meinen Schuhen knirschte, hörte ich nochmals Frau Meiers Stimme. Sie war auf den Gipfel geklettert. »Früher stieg ich auf Berge«, schrie sie, »und schleuderte den Tänzern meine Tafeln an die Schädel. Ich erhob mich mehrere Zentimeter über den Erdboden und leuchtete. Ich brüllte in den Lärm hinein. Gleichzeitig beobachtete ich die andern auf den Bergen, wie sie Blitze schleuderten Flammen warfen schwebten strahlten. Unten die Tänzer tanzten. Auf den Hügeln die Propheten hüpften auf und ab.«

Ich tastete mich derweil dem Grat entlang, bis ich den Einstieg in meine Schleifspur im Steilhang gefunden hatte, und sauste los; über mir dieser unglaubliche Himmel; ich vergaß nur, wie sehr der Schnee an diesem Tag geschmolzen war, und krachte in spitze Felsen, die mich jaulend herumtanzen ließen. Langsam humpelte ich dann weiter. Bevor ich in den Wald trat, wandte ich mich um. Der Mond stand groß und rund hinter dem Gipfel, und in seiner Mitte tanzte der Schattenriß Frau Meiers. Ein Wind fuhr in das Segeltuch meines Anzugs – er war ziemlich zerfetzt – und trieb mich vors Haus, aus dessen Keller gerade der ungeschlachte Polizist gekrochen kam, die Pratzen um eine Kiste geklammert, deren anderes Ende Rosa trug. Beide ächzten; sie wuchteten sie auf den Gepäckträger eines im Mondlicht schwebenden Mopeds, und während sich der Polizist in Schnüren und Riemen zu verheddern begann, verschwand Rosa erneut im Keller und kam mit einem so großen und schweren Sack zurück, daß er sie, als sie ihn über ein zweites Moped werfen wollte, kopfüber ins Gras schleuderte und unter sich begrub. Sie gurgelte unter dem Sack hervor. Der Polizist wollte ihr zu Hilfe eilen, hing aber so in seinen Seilen, daß er auf die Knie fiel und so, ein Urgestein in Uniform, in stummem Flehen verharrte.

Hilflos starrte er auf Rosas zappelnde Beine. Erst als ich zu ihr hineilte und den Sack von ihr wegrollte, hob er die Hände und sagte: »Ah nein. Nein. Das nicht auch noch.«

Ich wuchtete den Sack auf den Gepäckträger des zweiten Mopeds, und dann – Rosa atmete wieder ruhiger – halfen wir beide dem Polizisten, aus seinem Genestel freizukommen und sein Moped aufzurichten. Er betastete alle Blech- und Chromteile und prüfte, ob die Klingel noch klingelte. Sie tat es, sie klang wie ein Blechnapf, der eine Felswand hinabstürzt. Auch die Reifen schienen noch genügend Druck zu haben. »Wenn meine Kollegen merken«, der Polizist preßte beide Hände gegen die Schläfen, so daß das Moped erneut im labilen Gleichgewicht stand, »daß ihre Fahrzeuge weg sind.« Er sah vernichtet in den Boden hinein.

Rosa gab ihm einen Klaps auf den Rücken, der ihn weckte, sein Moped aufzufangen, und führte mich in den Hausschatten, wo ein drittes Moped stand, auf dessen Gepäckträger ein winziges Paketchen geklemmt war; eine Erbse, in Seidenpapier eingeschnürt; und schon trat ich in die Pedale, hinter den andern drein. Wir surrten ums Haus herum, und als die Straße steil wurde, ließen wir die Räder rollen. Der Wind pfiff in den Speichen; sonst waren wir stumme Schatten. Bald lag der Polizist, der zuvorderst fuhr, so schräg in den Kurven, daß ich den Gummi seiner Reifen roch; Rosas Sack ließ Schottersteine zur Seite spritzen; ich stürzte durchs All. Mein Scheinwerfer schwankte in einem Tempo den Leitplanken entlang, das keine Angst zuließ. Dennoch blieb ich immer weiter hinter den beiden zurück und hörte ihre Stimmen leiser werden; sie sangen nämlich. Gerade als ich auch zu singen anfing – inzwischen lag ich auf dem Moped wie auf einer Kawasaki –, winkten beide aus einem dichten Gestrüpp hinter einer Kurve, über die ich so ungebremst hinausfuhr, daß ich Rosa in die Arme stürzte, und mit dieser zusammen dem Polizisten. Zu dritt lagen wir vor einer Kapelle, die im Lauf der Jahrhunderte so in die Brombeeren hineingekrochen war, daß gerade noch ihr Glöckchen darüber hinaussah. Als ob wir uns das gewünscht hätten, blieben wir eine Weile lang so liegen, ineinander verknäuelt, und sahen zu den Sternen hinauf. Dann rappelte sich Rosa als erste auf; der Polizist folgte ihr, öffnete die Kapellentür mit einem Schulternicken und schleifte seine Kiste in ein Kirchenschiff, das überfüllt war, als wir alle drin standen. Auf ein Altärchen fiel aus einer Dachluke blaues Licht auf das, was Rosa auspackte: eine Holzmadonna mit einem Kind im Arm. Sie stand so vorwurfslos da, daß ich meinen Blick nicht aus ihrem lösen konnte. Neben mir war Rosa in ihre Gedanken versunken. Auch der Polizist schien angerührt von diesem Heiligtum für Brombeeren. Draußen dann war die Stille viel tiefer als zuvor; einmal ein Schrei aus einem fernen Wald. Rosa und ich standen verlegen mit unsern Mopeds; aber der Polizist startete seins ohne Skrupel. Jetzt klangen die Motörchen wie Flugzeugtriebwerke. Diesmal fuhr ich gleich vorneweg, das heißt, wir überholten uns immer wieder und standen mit einem Bein auf dem Sattel und solche Dinge. Dazwischen hielten wir vor Kapellen, die oft direkt an der Straße, zuweilen einige Schritte wegab lagen, und brachten Kruzifixe oder Votivtafeln zurück. Schließlich war nur noch mein Paketchen übrig. Damit fuhren wir durch den Ort in der Talsohle hindurch – die weißen Häuser sahen aus, als verbärgen sie Harems und Serails – bis zum See, wo wir im Schatten einer hohen Mauer aus mykenegroßen Steinen hielten, über die uns der Polizist stemmte; ich fühlte seine Pratze am Hintern und sah neben mir Rosa in die Höhe schweben. Wir zogen ihn dann oft an seinen Armen zu uns hinauf und ließen ihn jedesmal wieder los. Aber endlich standen wir doch zu dritt auf dieser Zyklopenmauer und sprangen in eine neue Welt hinunter. Noch nie hatte ich so einen Garten gesehen; ein Amazonas, von Göttern gebändigt; weiße Pfauen schliefen in kurzgeschorenen Rasenstücken; Rosen wucherten über Rundbögen; Blumenbäume; Apollos in muschelbesetzten Nischen; ein dicker schwerer Duft. Weit hinten eine dunkle Villa, zu der wir, an einer leeren offenen Garage vorbei, über Treppen hinaufstiegen, auf denen Moos wuchs; Wasserspiele rannen, hüpfende Fließtreppen.

»So verwandelt sich Tabak in Schönheit«, sagte Rosa.

Ohne zu zögern und gar nicht leise drückte sie eine Glastür auf und verschwand; hinter ihr tauchte der Polizist in die Finsternis; dann ich. Ich konnte beiden leicht folgen, weil ihre Schritte hallten und ihre Schatten immer wieder vor einem Fenster, einem Spiegel, einer Glastür auftauchten. Wir gingen durch hundert Säle, bis wir in einen achteckigen Raum gelangten, in den durch Oberlichtfenster Mondlicht floß. Ein Ort, als sei darin ein Monarch vergessen worden. Ich fand den Polizisten gegen eine mannshohe Venus gepreßt, im Versuch, ihren Sturz aufzuhalten; immer schneller tanzten beide den goldglänzenden Wänden entlang. Währenddessen hängte Rosa ein Bild an einen Nagel, dessen Kopf nicht viel kleiner war als das, was er tragen mußte: eine Barke in einem vom Sturm aufgewühlten, dennoch ruhigen Wasser, das über den Rahmen hinauszufließen schien; Olivenbäume auf gelben Hügeln; alles aus der Sicht eines hoch fliegenden Vogels, oder blickten wir in sein Auge?; oder sah ich einen am Pinsel hängengebliebenen Farbtropfen, in dem sich die Welt des Malers spiegelte? Jedenfalls, wieder stand ich gebannt, bis der Polizist seinen Kampf verlor und in Marmortrümmern stand. Rosa war verschwunden. Wir zwei schoben mit den Schuhen die Venusteile ein bißchen hin und her und rannten dann durch Säle und Korridore, bis wir den Ausgang fanden und übers Gras stürmten, aus dem die Pfauen kreischend aufstoben; der Polizist viel schneller als ich. Er sah aus wie eine rennende

Windmühle und verschwand mit einem Kopfsprung über der Mauer. Als ich auch auf der Straße landete, lag er vor Rosa im Staub und küßte ihre Knöchel; sofort begann er an ihren Schuhen herumzunesteln, bis sie ihn an den Ohren hochzog und mit einem Lächeln, das ihn erglühen ließ, zu seinem Moped schubste. Auch ich schwang mich in den Sattel. Ein frischer Wind blies uns ins Gesicht, und zuweilen mußten wir schon in der Ebene zwischen dem See und dem Ort den Motoren mit ein paar Pedaltritten helfen. Gleich nach den letzten Häusern – noch immer schliefen sogar die Katzen – begann die Straße zu steigen, wir erhoben uns aus den Sätteln und schwankten von Straßenrand zu Straßenrand; trotzdem stanken die Motoren nach wenigen Kehren. Zuerst war es nur ein Spiel, daß der Polizist und ich immer schneller fuhren – Rosa war bald weit zurück –, dann aber lächelte keiner mehr, und wir beugten uns mit verschwitzten Gesichtern über die Lenker. Unter mir sah ich staubige Steine in den ausgewaschenen Fahrrinnen, hie und da ein Wasserloch, dem ich dann mit einem schnellen Schlenker auswich. Je heftiger ich in die Pedale trat, desto deutlicher hatte ich das Gefühl, eine halbe Welt sehe mir bei meiner Paßfahrt zu, und ich erinnerte mich an Gino Bartali oder Fausto Coppi, die die Berge überflogen als seien sie Engel. Vor ihnen hatten sich die Gipfel verneigt. Hie und da blinzelte ich zum Polizisten hinüber, aus dessen Gesicht seine Zunge hing. Er keuchte ungeheuerlich. Wieder kamen wir an allen Kapellen vorbei, auch an der mit der Brombeergöttin, und endlich auch am R4, den die Schleuder mit so viel Schnee zugedeckt hatte, daß er bis zu den Fenstern darin vergraben blieb. Er sah zerfetzt, arm und alt aus. Es wurde nun immer heller, wir lösten beide gleichzeitig die Dynamos von den Reifen und stellten bei jedem Tritt unser ganzes Gewicht auf die Pedale, so daß die Räder schräg standen. Ich fuhr wie ein Besessener; blind. Ich glaube aber, ich gewann, denn als ich wieder etwas sah, lag ich auf dem Rücken im Gras vor dem Haus, und über mir war der Polizist, zerquetschte mir Gesicht und Rippen und röchelte wie ein Sterbender. Ich wuchtete etwas von ihm zur Seite – einen Finger, oder den ganzen Arm – und erkannte nun wenigstens die Grate über mir, die zu leuchten begannen. Über ihnen ein wolkenloser Himmel mit hohen fernen Vögeln. Rosa stand an ihr Moped gelehnt und streckte dem Polizisten beide Hände hin; er umklammerte sie, blieb aber liegen; was er sagte, klang wie letzte Worte.

»Ich dachte, Sie müssen die Mopeds zurückbringen«, antwortete Rosa.

Wieder knarrte etwas aus ihm heraus; wieder verstand ich ihn nicht. Mein Atem war zu laut.

Diesmal sagte Rosa: »Na schön.«

Der Alb löste sich von meiner Brust und verschwand hinter Rosa im Haus. Ich blieb im Frost liegen. Neben mir war Rosas Moped hingestürzt, das seit ewig nicht mehr gereinigt worden war und voller Tang hing. Es tat wohl, zu spüren, wie der Schweiß auf der Haut gefror. Als ich mich dann doch ins Haus schleppte, lag der Polizist in meinem Bett und umklammerte Rosa mit seinen Tentakeln, während sie, auf ihm liegend, ein heißes dampfendes Tuch auf seine Stirn drückte. Beide hatten sich, nahe beim Herd liegend, ausgezogen. Während Rosa den Vorhang zuzog, taumelte ich zum Tisch, setzte mich, vergrub den Kopf zwischen den Armen, und als der Polizist wie ein Weidwunder zu stöhnen anfing, schlief ich ein. Ich träumte, ich führe mit der Frau von Venedig auf einem Floß; während sie schweigend die Segel bediente, nackt vor dem geblähten Tuch, starrte ich in einen immer undurchsichtigeren Dunst, aus dem Möwen ächzten; lange fuhren wir so; ich glaube, sie sang; plötzlich ragten Minarette über Bodennebel, aus denen uns weiße Gestalten entgegenrannten, die die Frau wegschleppten; sie hing zwischen vier Eroberern; jeder hatte sie an einem Arm oder Bein gefaßt.

Als ich aufwachte, stand der Vorhang offen. Mein Bett war zerwühlt. Es war Abend geworden, und die untergehende Sonne glühte durchs Fenster. In ihrem Licht kauerte Rosa vor dem Bauernschrank, trällerte vor sich hin und warf in den Bach, was sie fand: Pinsel, Lacke, Tuben, Leinwandrollen. Ich sprang auf die Füße. Meine Muskeln strotzten vor Kraft. Ich riß das Fenster auf, winkelte beide Arme immer wieder an und sah zwei Bauern zu, die, unterstützt von einem bellenden Hund, Kühe die Saumwege des Bergrükkens hinuntertrieben. Die Kühe drängten sich aneinander, weil die vordersten nicht über einen Bach springen wollten. Die Treiber brüllten, der Hund rannte. Mir kam das alles plötzlich wie das Leben selbst vor. Ich hob Rosa hoch und setzte sie wieder hin, einfach so; und sie lachte überrascht. Einmal hatte ich gedacht, die Frau in Venedig habe sich umgebracht; ich war durch die ganze Stadt gehetzt; als einmal ein Ambulanzboot durch einen Kanal raste, glaubte ich ihr Gesicht hinter den Vorhängen zu erkennen; ich war sicher gewesen, wenn eine Frau mit dem schläft, dem sie verfallen ist, bleibt ihr nur der Tod.

»Er wird sich wundern«, sagte Rosa und zerbrach die Staffelei zu Brennscheiten, die sie neben dem Herd aufschichtete.

»Wer?«

Aber Rosa war schon aufgesprungen, hatte meinen Leuchtanzug unter dem Tisch hervorgeholt – hatte ich mich im Schlaf ausgezogen? – und ihn mir über den Hals gestülpt. Während ich mit hochgereckten Armen dastand, hörte ich sie durch das Segeltuch hindurch lachen. Als mein Gesicht wieder ins Sonnenlicht tauchte, küßte sie mich und gab mir einen Stoß, daß ich zur Tür hinaustaumelte. Draußen stand ich und hörte, wie sie herumrumorte. Sollte ich zu ihr zurück? Da, wo der Bach unter der Mauer hervortrat, schwammen Papiere davon, Briefe, deren Schrift sich auflöste, bis Tinte und Papiere voneinander getrennt in einem Betonrohr weggurgelten.

Während ich dann die Paßstraße hinaufschlenderte, dachte ich keinen Augenblick lang, daß ich am nächsten Morgen im Lebenstempo von früher nach Frankfurt zurückführe. Im Gegenteil. Ich fühlte mich wie ein Arvenschatten, der, weil die Sonne dem Horizont zusank, den Berg hinaufwuchs. Autos mit Wohnwagen oder Segelbooten im Schlepp nahm ich kaum mehr wahr. Hie und da schob ich einen Stein von der Straße; Murmeltiere pfiffen, und ich verstand sie. Der Wind wehte für mich. Vor der Polizeistation standen die drei Mopeds. Vor ihnen kauerte einer der beiden andern Polizisten, der Chef, und rüttelte an einem Hinterrad herum, kratzte mit einem Fingernagel an einem Reifen und sah ihn sich an. Kein Laut war zu hören; nur tief unten das Rauschen des Bachs.

Ich war schon beinah an ihm vorbei, da stieß er einen seltsamen Schrei aus. Ich wandte mich um und suchte den Himmel nach einem unbekannten Vogel ab; aber er meinte mich. Er war ein altersloser Mann mit Haaren, die wie Algen aussahen. Seine Nase war rot; vielleicht trank er. Sonst war er so klein und grau, daß es ihn schon immer gegeben haben mochte und vielleicht in alle Zukunft gab. Seine Uniform trug die Spuren vieler Fahndungen. Er blickte nachdenklich auf eine zerquetschte Brombeere zwischen seinen Fingern und sagte: »Ich höre, Sie kennen sich mit Vögeln aus.« Er lächelte und hielt den Kopf schräg.

»Ich? Wieso?«

»Sie waren meinem Kollegen behilflich, einen Bergfinken zu fangen. Herzlichen Dank. Was halten Sie von Schwalben?«

»Viel«, sagte ich.

Er schien das Gesagte zu bedenken. »Und Gimpel?«

»Nun ja.« Ich zögerte. »Wenn sie jung sind, sind sie naiv. Im Alter dann sind sie oft traurig.«

»Hm.« Wieder dachte er nach. »Distelfinken?«

»Sie sind das Herrlichste überhaupt.«

Diesmal waren alle Wasser der Urmeere in seinem Blick. Er blinzelte, drehte sich um, ging auf die Polizeiwache zu, deren Mauern aus unsichtbaren Erdspalten in die Bergluft hinausflammten, und verschwand durch den Vorhang dieses kalten Feuers, hinter dem ich plötzlich, als habe dieses Haus keine dritte Dimension, die Fortsetzung der Alpenwiese vermutete, Steine und Murmeltierlöcher wie hier.

Ich gab mir einen Ruck und ging auch durch die Tür hindurch. In der Wache drin herrschte eine andere Luft: warm und salzig. Der kleine graue Beamte saß, als sei er niemals draußen gewesen, an einem Schreibtisch, auf dem Akten, Eierschalen und Pinzetten lagen. Durch eine offene Tür in seinem Rücken drang heftiges Schnarchen. Neben dieser Tür, an einem etwas kleineren Schreibtisch, saß der dritte Polizist; ein dürres Baby, das auf einen Fahndungsbildschirm sah, der nicht größer als eine Streichholzschachtel war. Auf den Knien hielt er eine Milchtüte, aus der er ab und zu trank, ohne den Blick von dem zu wenden, was er sah. Zuweilen grinste er ohne jede Hemmung und schlug sich mit der freien Hand auf die Schenkel; dann runzelte sein Kollege die Stirn. Sonst sah die Wache wie viele andere aus. Ein Tresen mit einem Linoleumbelag; an den Wänden Fahndungsplakate mit Köpfen, von denen einige mit einem dicken Filzstift durchgestrichen waren; ein Kalender mit einer farbigen Landschaft; ein Bild eines Generals. Von der Decke baumelte ein Draht, an dem eine Glühbirne brannte.

Der alterslose Beamte sah aus den Akten auf, nahm eine Brille, die er vorher nicht getragen hatte, von den Augen und sagte: »Was halten Sie von einer Kreuzung zwischen einer Schwalbe und einem Distelfink?«

»Wie soll das gehen?«

»Oh. Ganz einfach.« Er griff nach seinem Topf aus blau bemaltem Ton, in dem der gelbe Plasticlöffel steckte. »Ich nehme je ein halbes Schwalben- und Distelfinkenei, rühre die Masse so lange, bis sie homogen ist und fülle sie in ein Ei ab, das ich aus den Schalen beider Vögel geklebt habe. Dann brüten wir es aus.«

»Dann brütet ihr es aus.« Ich stand mit offenem Mund da. »Wer?«

»In der Brutzeit muß immer einer von uns im Bett liegen. Wir haben die Eier drin.«

Ich dachte, jetzt ist mir auch klar, warum sie den da

an diesen fernen Punkt des Landes versetzt haben. Gerade wollte ich ihn fragen – der junge Beamte schrie vor Vergnügen, versunken in die einsame Welt seiner Bilder –, ob denn schon einmal so ein Vogel ausgeschlüpft sei, da sagte er: »Ich glaube, heute ist es soweit. Aber der Kollege, der heute Brutdienst hat, schläft so tief, daß ich ihn nicht wach kriege. Sonst ist er die Zuverlässigkeit in Person. Können Sie mir helfen?«

»Aber gewiß.« Ich ging hinter ihm drein ins Zimmer, aus dem das Schnarchen drang. Im Vorbeigehen warf ich einen Blick auf den Fahndungsbildschirm des andern Polizisten. Ein Mann und eine Frau waren ineinander verschlungen – Keuchen, Schweiß, Wälzen –, und einen Augenblick lang wollte es mir scheinen, das Gesicht, das unter einem angewinkelten Knie hervorschoß und sofort wieder verschwand, sei das des schnarchenden Polizisten gewesen. Wieder gluckste der junge Beamte vor Lust. Tatsächlich lag im andern Zimmer mein Freund, mein Feind, unrasiert und mit zerzausten Haaren in einem Bett, um das herum Maschinenpistolen, Plasticschilde, Kampfhelme und Schlagstöcke aufgestapelt waren. Der graue Beamte schob mit einem Fuß einen Haufen Tränengasbomben beiseite und faßte den Schlafenden bei den Schultern. Ich nahm seine Füße. Zu zweit wuchteten wir ihn vom Bett; er war so schwer, daß er uns aus den Händen glitt und zwischen Kugelwesten rumpelte, ohne aufzuwachen. Jetzt, weil sein Schnarchen gedämpft war, hörte ich ein schwaches Fiepen unter der Matratze hervor, die der alterslose Polizist behutsam hochhob. Sofort flitzten mehrere Vögelchen hervor, denen der Polizist verzückt nachsah, wie sie herumsausten, flatterten, torkelten und die Köpfe gegen das Fensterglas schlugen, bis sie endlich alle nebeneinander hoch oben auf einer Leine saßen, an der Gasmasken hingen. Schwalben mit schwarz-rot-gelben Gabelschwänzen. Sie pfiffen unbekannte Laute und sahen zu uns herunter.

»Bravo«, sagte ich.

»Im Kühlschrank habe ich ein Adler- und ein Pelikanei«, flüsterte der Polizist.

»Der Nobelpreis ist Ihnen sicher.« Eine Weile lang sahen wir schweigend auf die kleinen Nestflüchter, die sich frierend aneinander drängten. Dann deutete ich mit dem Kinn auf Schwimmwesten, die überall an den Wänden herumhingen.

»Was wollen Sie denn mit all dem Zeug?«

»Bei der letzten Sintflut«, flüsterte der Polizist, ohne die Vögel aus den Augen zu lassen, »ist der gesamte Polizeiapparat ersoffen. Es hat Jahrhunderte gebraucht, einen neuen aufzubauen.« Mit seinem letzten Wort – es war nur noch ein Hauchen gewesen – sank er aufs Bett und schlief sofort tief. Ebenso überraschend wachte der andere auf. Sein Kopf ragte aus den Kugelwesten hervor und starrte mich an wie eine üble Erinnerung. Ich stand da und spielte mit einer Handgranate.

»Womit kann ich Ihnen dienen?« sagte er endlich und rappelte sich auf.

»Ich hatte einen schlechten Traum«, antwortete ich. »Ich möchte Anzeige gegen Unbekannt erstatten.«

Ohne eine Antwort abzuwarten, ging ich durch die Tür in den andern Raum. Als ich am Babypolizisten vorbeikam, wippte auf seinem Bildschirm ein behaarter Hintern zwischen zwei hochgestellten Beinen auf und ab. Das Beamtenkind bog sich vor Lachen. »Spitze«, rief er unvermutet. »Du bist echt Sonderklasse, Tatsache.« Ich wandte mich um und sah, durch die Tür, den massigen Polizisten, wie er seinen Kollegen äußerst mißmutig ansah, angewidert, und dazu seine Uniformjacke zuknöpfte, hundert Knöpfe, und als er fertig war, hatte er sich mit den Löchern vergriffen und mußte nochmals von vorne anfangen. Ich weiß nicht, warum ich wartete, bis er zu mir herübergeschlurft kam. »Bei unserm letzten Gespräch vergaß ich eine Kleinigkeit«, sagte er jedenfalls sehr höflich und sah mich aus taubenblauen Augen an. »Das Totenrcich hat kcincn Raum und kcinc Zcit; dic Insassen sind immer und nie überall und nirgendwo. Was waren denn das für Viecher?« Er deutete dahin, wo die Züchtungen seines Kollegen wohl noch immer reglos auf ihrer Schnur hockten.

»Distelschwalben.« Ich wandte mich um und ging durch die Tür ins Freie. Oder eher, der Raum schnurrte unter mir ein, so daß ich, wie ausgespuckt, mich in einer kühlen Luft wiederfand. Wolken hatten sich vor die Sonne geschoben. Die Polizeiwache war in einem dicken Nebel verschwunden. Ich tastete mich zur Straße vor und ging bis zur Paßhöhe.

Dort rannte ich, obwohl auch hier Nebel lag, so schnell wie sonst über den Gratweg. Aller Schnee war verschwunden. Zuweilen versank ein Fuß in einem Loch, und manchmal, wenn ich einen Fels zu übersteigen vermeinte, rutschte ich einen Abhang hinab. Mehrmals fiel ich hin, und einmal glitt ich in feinem Sand aufwärts in die Wolken. Wie immer war der Zickzackweg warm. Der Gipfel endlich lag über den Wolken. Aber Frau Meiers Haus war wieder kaum zu finden. Sogar die Rosen an den Mauern sahen grau aus. Als ich die Tür aufstieß, saß Frau Meier im Bett und hatte ein Kartenblatt vor sich liegen, auf dem labyrinthische Zeichen zu sehen waren; in der Hand hielt sie eine Rotweinflasche. Sie sah mich mit Augen an, die ihr Ziel nicht sicher trafen, und schob die Karte unters Deckbett. Ich schloß die Tür.

»Störe ich?«

»Ja.«

Leere Flaschen standen um ihr Bett herum; ein Teller mit einem halb gegessenen Spiegelei. Sie hatte sich alle ihre Kissen in den Rücken gestopft und schnaufte; die Zähne hingen aus ihrem Mund. Und plötzlich – ich hatte mich nicht bewegt – schoß sie aus ihrem Bett, an mir vorbei und zur Tür hinaus; ich rannte hinter ihr drein, das ganze Geröllfeld hinauf bis zum Gipfel. Ich keuchte noch in den Steinen, als sie schon oben stand, barfuß und in einem Nachthemd, das ein Sturm hochwirbelte. Sie hatte die Hände vor den Mund gelegt und rief, aber nichts war zu hören, auch nicht, als ich dicht neben ihr stand. So sehr heulte der Wind. Unter uns zogen Nebelschwaden, aus denen zuweilen Bergdohlen schossen wie Fische aus einem See. Tränen liefen über Frau Meiers Wangen. Ich war immer einer gewesen, der im Kino weinte, aber jetzt schluchzte auch ich; und als ich wieder etwas sah, lag Frau Meier bewegungslos neben dem Gipfelkreuz. Ich schüttelte sie, rief, faßte nach ihrem Puls und tätschelte ihre Wangen. Nichts. So lud ich sie mir auf die Schultern und trug sie das Geröllfeld hinab. Jedesmal, wenn ich ausglitt, verschwand sie widerstandslos zwischen Disteln oder Steinen. Dann kroch ich unter sie und wuchtete sie wieder hoch. Ich hörte ihren schwachen Atem an meinem Ohr und redete auf sie ein, als könnte sie das am Sterben hindern. Endlich fielen wir zusammen gegen die Iglutür und auf ihr Bett. Kaum lag sie auf ihren Kissen, schlug sie die Augen auf, kicherte mit ihrer letzten Kraft und murmelte: »Diesmal hab ichs ihnen gegeben, gell.«

»Und wie«, sagte ich.

»Wissen Sie, ich hatte einmal ein Kind. Ich hatte es gern, wie niemanden je wieder. Wenn ich nur noch einmal seine Stimme hören dürfte. Wie es Mama komm sagte, komm Mama.«

»Ist es tot?«

»Nein. Erwachsen.«

Ein Zug pfiff weit weg. Sie setzte sich bolzgerade im Bett auf und horchte dem Pfeifen nach. Es zog sie an den Ohren aus dem Bett. Als es verklungen war, fiel sie in die Kissen zurück und schlief sofort. Ich ging ein bißchen im Haus auf und ab – viel Platz war da nicht –, legte Holz im Ofen nach, blätterte in einigen Karten, trank ein paar Schlucke aus der Flasche und horchte auf den Wind draußen. Hier klang er sanft. Ich zündete die Campinglampe an, weil es dunkel geworden war. Helles warmes Licht. Dann, in einem Entschluß, den ein Fremder in mir faßte, ging ich zum Schreibpult, öffnete eine Tintenflasche, nahm eine Feder und schrieb über das Milchblau des erstbesten Kartenblatts: *»An meine Freunde.«* Hm. Ich dachte, jetzt brülle auch ich, bis alles gesagt ist. *»Freunde«*, schrieb ich, *»ich rufe nach euch seid ihr tot habt ihr mich hier oben auf diesem Berg vergessen oder klammere ich mich allzu heftig an das Gipfelkreuz das ich mit Papieren umwickelt habe auf denen Botschaften stehen Geständnisse«* – schon kratzte die Feder nicht mehr und glitt nur so dahin – *»die Sterne werfen mein Echo zurück wenn ich den Atem anhalte höre ich was ich vor tausend Jahren in den Himmel gebrüllt habe ein Gelächter inzwischen sind mindestens zehntausend neue Sterne hinzugekommen all das Satellitenzeugs heute würden die Kreuzfahrer Jerusalem nicht mehr finden Kolumbus nicht mehr Indien im Großen Bären leuchtet mittendrin ein* *neues Auge wenn ich mich auf meinem Gipfel bewege kullern Steine die Hänge hinunter und erschlagen Touristen recht so alle Alpen sind voll von ihnen sie schieben sich Brust an Hintern den Wanderwegzeichen entlang und fotografieren einsame Arven an Bergseen Einzelne halten ohne hochzuschauen die Kamera gegen die Gipfel und drücken ab sie werden vom Schlag gerührt werden wenn mein Gesicht sie aus dem Entwicklerbad anstarrt«* Ich sah auf und tauchte die Feder ins Faß. Toll. Das lief ja wie geschmiert. *»Davon abgesehen ist es ruhig hier Bergbäche Eisbrüche das Sausen meines Kopfs im Weltraumwind der Berg auf dem ich bin ist in den südlichsten Alpen da wo man bis Venedig sieht oder bis Jerusalem im Ernst man sieht an klaren Tagen den Qualm von Seveso mein Vater kletterte vor zweitausend Jahren auf einen andern Berg auf den Großen Feldberg und dort auf den Fernmeldeturm da hockte er bis er herunterfiel sein Körper einen Krater in den Parkplatz schlug und seine Seele auffuhr zum Himmel wo sie im Großen Bären verschwand seine Frau war als er noch auf dem regennassen Asphalt herumstolperte hinter ihm dreingegangen und hatte gerufen Bleib auf dem Teppich«* Genau. Ich erinnerte mich plötzlich genau. *»Ihr Vater der ein Jüngling noch sich von den höchsten Maiensäßen in diesen nördlichen Nieselregen hinuntergewagt hatte war der jüngste von dreizehn Kindern gewesen er wollte nicht Bergbauer werden wie die andern er wollte hoch hinaus er* *mußte weil seines Vaters Alp steinig war und klein und die Kühe ihre eigene Milch soffen die die Käse hätte werden sollen die Brüder verhungerten mein Großvater packte sich eines Nachts die Käslaibe die er hatte zur Seite schaffen können auf den Rücken und ging die Hänge hinunter ins Tal und wurde Käsehändler er nickte wenn Kundinnen sagten Herrlich dieser Duft der Ursprünge später nickten seine Tochter und ich in Konzertpausen Advokaten und Ärzten zu zu der Zeit saß mein Vater längst auf seinem Turm und spielte sich in seinem Kopf eigene Melodien vor tags beschien ihn die Sonne nachts der Mond er rief den unten Gehenden Botschaften zu auch ich beuge mich jetzt vor und brülle Hebt die Köpfe Leute hebt doch endlich eure Mostköpfe ich sehe Männer und Frauen die Enziane pflücken sie tragen Hüte mit breiten Krempen und singen«*

Das erste Blatt war voll. Ich hatte quer über ein Seestück geschrieben und einige Höhenangaben verdeckt. Das Bett neben mir bebte, wenn Frau Meier ausatmete. Ich ging zu ihr hin und deckte sie besser zu. Dann zerrte ich ein zweites Kartenblatt aus einem der Stapel, diesmal ein Stück Ufer. Helle Steine. Mir war, als schöbe mich eine gewaltige Hand zum Pult zurück und drückte mich auf den Stuhl; jemand schrie in mir, und die Feder ging ganz allein ihren Weg. *»Mein Großvater«*, schrieb ich über Frau Meiers Wasserfarbe, *»setzte sich in einen Badebottich und schnitt sich die Pulsadern auf ja da war er auch tot* *seine Tochter fand ihn und versteinerte zu niemandem zu ihrem Kind schon gar nicht sprach sie jemals davon ich hatte einmal eine Zeit in der ich andauernd an Begräbnissen war alle diese Begräbnisse schnurren in meiner Erinnerung in ein einziges zusammen ein gewaltiges langes heißes unbekannte Onkel und Tanten prosteten sich zu und lachten Tränen an das Begräbnis von meinem Vater konnte ich mich jahrelang überhaupt nicht erinnern inzwischen weiß ich wieder wies war wir schaufelten den Krater im Parkplatz zu und starrten darauf bis die Polizei kam dann gingen wir in das Ausflüglerlokal und tranken Bier dann kam eine lange begräbnislose Zeit aber heute ist es wieder losgegangen ich sah einen langen Zug tief unten im Tal er wand sich die Paßstraße hinauf bis zum Bergfriedhof am Fuß des fünffingrigen Gipsbergs den Touristen entgegen die die Hüte nicht von den Köpfen nahmen auch jetzt sehe ich fast beim Friedhof schon den schwarzen Zug im Sarg liegt jemand den ich kannte irgendwo muß es Haine geben in denen Mädchen und Knaben mit Malvenkränzen und nach Fischen riechenden Händen wandeln«*

Hatte ich größer geschrieben, oder warum sonst war das zweite Blatt auch schon voll? Jedenfalls, ich legte es aufs erste. Frau Meiers Kopf warf einen Schatten auf die Mauer hinter ihr; ein Indianerprofil. Ich fetzte ein drittes Blatt aus einem der Haufen – Wasser und eine Eisscholle – und schrieb weiter:

»Denn ganze Landstriche brennen wie die Flammen der Hölle und der Papst hat keine Ahnung wie er all dem Einhalt gebieten soll schon vor den ersten Kreuzzügen haben die Frauen gesagt Wie soll das gut gehen so auch heute ich will auch überleben und zwar nicht allein sondern mit euch Freunde natürlich ist es herrlich gewesen sich in den Tod zu stürzen der Sarg dort unten wird von vier kleinen Bauern getragen traurige Melodien eines Handorgelspielers wehen zu mir herauf ich sitze ganz ruhig da ich habe auch einmal Musikstunden gehabt Lautenstunden damals wohnte ich in einem Stadthaus über mir eine Frau die jedesmal wenn ich übte mit den Holzschuhen auf den Boden trampelte heute spiele ich Maultrommel die Frau brach sich das Genick als sie als ich ein Madrigal intonierte beim Trampeln danebentrat und den Treppenschacht hinabstürzte mir vor die Füße nie mehr rührte ich meine Laute an jetzt verschwindet der Begräbniszug zwischen Arven ich habe von einem Dichter gehört der als die Schergen eines Tyrannen die Treppe hinaufgestürmt kamen seiner Freundin ein Lied vorsang er wußte während er sang jetzt blieben ihm für alles was jemals noch zu sagen war zehn Takte«

Obwohl ich anders als sonst auf meinem Stuhl saß, schräg hingekrümmt mit verdrehten Beinen, blieb ich, wie ich war, und atmete fast heimlich und sah erregt meiner Hand zu, wie sie schrieb; wic die völlig genau gemalte Struktur der Eisscholle unter meinen Buchstaben verschwand. *»Die Frau im Sarg war die Tochter eines Baumeisters aus Pontresina der bei einem Erdrutsch verschüttet worden war seine Tochter wurde Verkäuferin in dem Laden in dem ich die Schuhe kaufte in denen ich auf meinen Berg klettern wollte ich verschob meinen Aufstieg es war heiß nicht kalt wie heute wo die Blitze auf mein Gipfelkreuz zielen die Bergseen dampften und die Gerölle glühten so daß die Gemsen tanzten ich bestieg Berge einen Piz auf dem sich Reisegruppen drängten sie ging jeden Tag in die Frühmesse und ich saß mit andern Männern im Staub vor der Kapelle und wartete auf ihre weiße Unschuld sie schaute mich an wenn sie an mir vorüberging ganz kurz nur hob sie die Augen ich dachte den ganzen Tag über an diesen Blick bis zum nächsten Morgen«*

Wieder ein Blatt voll; an so einem mußte Frau Meier einen Monat herumgemalt haben. In mir blieb ein Ozean. Als ich ein neues Papier aus dem Stapel hervorholte, fiel der um, und all die Blätter rauschten unter den Tisch. Ich spürte sie, während ich schrieb, unter meinen Füßen. *»Freunde verlaßt mich nicht«*, es waren meine Schuhnägel, unter denen die Papiere zerrissen, sehr laut in der Stille der Bergnacht, *»ich verlasse euch auch nicht ich brauche euch ich sehe wie eure Reisläuferkolonnen aufbrechen um den Venezianern im Kampf gegen Genua zu helfen gewinnt Freunde schlagt die tückischen Ligurier die unsern Handel mit den Negern in Jerusalem unterbin-*

den auch auf meinem Gipfel steht ein Topf mit einer Palme aus dem Heiligen Land da neben dem Kreuz eine Frau hat ihn mir geschenkt ich sehe sie von hier aus dort weit unten vor dem Paßhöhenhaus und sie hört mich wenn ich brülle ihr Vater war ein Bergführer ein Eisbruch tötete ihn sie hat jetzt einen Kiosk in dem sie Sennenkappen Gehstöcke Postkarten und Töpfe die sie selber knetet verkauft mein Palmentopf zum Beispiel zeigt ein Relief einer Frau und eines Manns und noch eines Manns dieser hat ein Gesicht wie ein Esel trotzdem schaut die Frau auf dem Topf ihn an und nicht den andern der sie von hinten am Rock reißt und ein Tiger ist«

Diesmal holte ich das neue Blatt vom Boden, ein noch ganzes, so etwas wie ein äußerst steiles Riff, denn die Höhenkurven, die aus einem blauen Wasserband stiegen, klebten förmlich aneinander. *»Zuweilen«*, schrieb ich aber sofort weiter, *»steigen die Bilder der Toten aus den lebenden Geliebten auf halb liebte ich eine die andächtig auf einer Kapellenbank saß halb eine die mir in Urzeiten ein ein und alles gewesen war wenn ich in der Hitze des frischen Liebeswahns ihren Namen ausrief hörte ich die Stimme der Töpferin den Namen ihres Vaters brüllen die die jetzt tot ist sagte nie etwas sie schaute nur was für Blicke wie rasend lag ich auf dem Feldbett und spielte Maultrommel bis die Töpferin mit den Fäusten gegen die Wand hämmerte wir hatten nämlich beide ein Zimmer im Paßhöhenhaus sie wegen ihres Kiosks ich halt so sie* *liebte das Leben ihre Töpferscheibe drehte sich den ganzen Tag mein Vater sagte sie bestieg einen Viertausender mit einem einzigen Einatmer ich sagte meines Vaters Frau war so stumm daß die Wände bebten Freunde die alten Griechen taten worüber wir sprechen nicht alle aber ein paar es kostete sie das Leben auch heute stürzen die Unvorsichtigen von den Gipfeln nach nur achtzig Jahren ich wußte schon damals daß es keinen Himmel gab keinen Olymp ich war auf dem Olymp gewesen nein auf dem Parnaß auf dem Parnaß war ich gewesen dem windumheulten Berg der Götter«* – Frau Meiers Kopf fuhr aus den Kissen auf, starrte mich mit Augen an, die schliefen, und krachte ins Bett zurück – *»ich hatte ihn keuchend bestiegen auf dem Rückweg vom Kreuzzug Ludwigs des Heiligen der tot im Wüstensand geblieben war und die Schafe gesehen die an den heiligen Hängen weideten ich hatte gelacht und geweint Schafe statt Götter«* – nochmals der Schädel Frau Meiers – *»ich marschierte mit dem Rest des Christenheers vier zerfetzten Rittern aus Brabant zurück bis hierher mit einer Palme im Rucksack ich wollte noch einmal den Mond sehen wie er durch die Äste der Arven des Bergfriedhofs schien war das zuviel verlangt«*

Ich stand auf und ging zum Bett. Frau Meier schlief. Als ich mich wieder ans Pult setzte und die schon beschriebenen Blätter ansah – ich legte sie sorgfältig übereinander –, begann ich zu schwitzen, als flösse ich auseinander. Und mir kam in den Sinn, daß diese Blätter ja alle Weltalter darstellten, nicht nur unsres; also riß ich zwei drei Schichten der Karte weg – diese zeigte Schottersteine der Geleisetrasse und ein Stück Schwelle – und schrieb auf die Zeichnung von roten Moosen, auf denen millimeterkleine glitzernde Käferchen krabbelten: »*An heißen Sonnenmorgen kroch ich der Geliebten Spur durch Heidelbeersträucher nach der Spur der Taschentücher die sie fallen ließ ich sammelte sie ein und wühlte meinen Mund in sie während ich auf den Knien über kuhdreckige Wege rutschte bis unter ihr Fenster hinter dem sie saß hellauf lachte Zither spielte und ich unten im Staub mit einem Stecken Sonette hineinritzend wenn ich verzweifeln wollte ließ sie ein Männertreu fallen auf das ich mich stürzte in das ich meine Nase drückte die weitaufgerissenen Augen auf ihr Fenster gerichtet wo ich ihre weiße Stirn sah und einmal als sie sich vorbeugte ihren lächelnden Mund und ihre todernsten Augen*«

Schön, dachte ich; schön lang. Sie wird es lesen. Sie muß. »*Wenn mein Großvater geblieben wäre wo er war schriebe ich jetzt alpenitalienisch oder gar nicht* oimè il bel viso *auch auf meiner Alp hätte ich eine gefunden die später stürbe vielleicht allerdings keine Töpferin ich hätte da eine Klause und eine Quelle die rauschend aus den Felsen spränge Blumen Sonnenaufgänge wandelnde Gemsen und schriebe fernen Würdenträgern im Tiefland fromme Episteln bis diese der Ansicht zuneigten diesem Einsiedel müssen wir eine Ehrung zukommen lassen wie wärs mit einem Lorbeer ich will damit sagen Freund hast du eine Freundin die dich erträgt und deren Nähe du magst schenk ihr Kornblumen und herzförmige Ohrringe Freundin bist du eine solche bleib es es ist keine Heldentat mit einem Kreuzritter zum Kap der Guten Hoffnung aufzubrechen es ist eine zu bleiben und zu sagen du Esel weißt du denn nicht wie du aussiehst auf deinem Berg wie ein Esel ein Freund von mir den weil er ein Zwerg war genauer gesagt ein Sitzriese keine Frau jemals erhört hatte saß viele Jahre auf einem Hochsitz in einem Zuckerrübenfeld bis ihn eine Akademikerwandergruppe mit ihren leergetrunkenen Feldflaschen herunterschoß«*

Als ich ausatmete, wurde mir klar, daß ich während des Schreibens zu schnaufen vergessen hatte. Auch jetzt tat ich es vorsichtig, um das klare Wasser in mir, das mich zu den Wracks alter Zeiten hinabsehen ließ, nicht zu verstören. Ganz still nun alles. *»Der Bergfriedhof«*, schrieb ich, *»liegt blaß im Mondlicht weiße Gestalten gehen zwischen den Arven auf und ab soll ich warten daß sie zurückkommt es gibt Geschichten in denen Tote auferstehen ich öffnete von einer langen Krankheit genesen die Tür meines Schlafzimmers und da saß sie in einem weißen Kleid mit nassen Haaren einem halboffenen Mund sehnenden Armen ein Leben lang hatte sie ihren Sinnen getrotzt aber nun konnte sie wollte sie nicht mehr ihre Schreie kamen aus einer andern Welt niemand* *konnte so eine Nacht überleben in der kein Nachbar an die Wand klopfte weil ein panischer Schrecken ihm starr im Bett zu sitzen befahl«*

Ich suchte das ichweißnichtwievielte Blatt. Sie hatte auch den Gletscher kartografiert. Eine Spalte, die, wenn ihre Angaben stimmten, 18 Meter tief war und nach Eiswasser roch: *»Hieß meine Krankheit Raserei war es eine Krankheit zwischen der Welt und mir eine Glasscheibe zu spüren die Häuser Bäume Menschen nur mit größter Anstrengung sehen zu können zu erschrecken wenn ein Vogel aufflog mich beim Gehen jäh umzuwenden zu denken wenn ein Kind lachte daß es meinen Wahn erkannt hatte eine Frau eine ganz andre eine die in einem toten Winkel in mir verborgen lebt hatte einmal in einem eisigen Winter eines Nachts die Tür geöffnet und war in den Schnee hinausgegangen die Tür schlug im Sturm hin und her ich ging in ihren Tappen durch die Nacht die Tappen wehten zu aber ich hatte die Richtung begriffen ich ging und ging immer nach Süden schon am Fuß der Alpen klatschte mir ein Sturm Schneekuchen ins Gesicht dann schleppte ich mich die Paßstraße hinauf rechts rauschte ein Wildbach links fuhren Züge mit offenen Waggons aus denen Mädchen winkten im Paßhöhenhaus mietete ich ein Zimmer neben der Werkstatt der Töpferin und verfiel in ein Fieber das vierzig Tage dauerte dann wachte ich auf die Töpferin saß mit einer Teetasse in der Hand an meinem Bett als sie sah* *daß ich die Augen aufschlug ging sie sie ließ die Tür offen ich stand auf und tat meine ersten Schritte die mich zwischen Enzianen hindurch zu einer weißleuchtenden Kapelle führten«*

Ein Nachtfalter war in die Campinglampe geraten und verbrannte am Glühstrumpf. Früher, dachte ich, stürzten Sänger inmitten ihres Publikums um, im Mittelalter noch. Sie wurden beiseite geschafft, und die Damen und Herren von so einer Burg lösten einander die Miederklammern und Hosenspangen und flüsterten, das war wieder ein reizender Abend, sehr nette Gedichte. Ich lächelte. *»Die tote Frau«*, wo hatte ich all dies in mir aufbewahrt?, *»war nie mit einem Mann zusammen nie nie ich verbrachte viele Nächte unter ihrem Fenster und hörte auf ihre Atemzüge ich hörte nichts manchmal sah ich ihrer kleinen Tochter zu wenn sie auf einem schmalen Brett über den Misthaufen balancierte einmal sprach ich mit ihr sie lächelte mich an dann rannte sie ins Haus hinein die Frau ging nur aus wenn sie in die Kapelle ging dann trug sie eine schwarze Tracht und einen Gesichtsschleier ich folgte ihr von fern im Schatten von Fichten und Felsen immer verlor sie Taschentücher eines Nachts hatte ich so viele beisammen daß ich sie zusammenknüpfen konnte und an ihnen zu ihrem Fenster hochklettern besinnungslos stürzten wir uns in die Arme wir wälzten uns hinterm offenen Fenster unter dem Touristen grölten wir sahen uns in die Augen bis alles verschwamm später einmal hoben wir die Köpfe* *und sahen die Töpferin vorbeigehen unterm Arm trug sie eine Urne«*

Jetzt war meine Schrift groß und sicher; von meinem Vater hatte ich gewußt, daß er sterben wird, als seine Buchstaben auf den Rechnungsformularen zu flattern begannen wie wehe Vögel. *»Freunde«*, einen ganzen Stapel hatte ich schon vollgeschrieben!, *»wann seid ihr endlich zurück aus dem heiligen Land wo ihr die Heiden aufgespießt habt wir werden uns umarmen wir werden begreifen wie sehr wir uns brauchen da unten im Tal lungern viele herum die nicht unsere Freunde sind es nicht einmal werden wollen sie sind vielleicht wirklich unsere Feinde auch wenn ich nicht will daß sie es sind aber wie soll jemand der sagt euch werden wir auch noch an die Wand stellen mein Freund sein«*

Die Campinglampe begann zu flackern, zu furzen; das Gas ging ihr langsam aus. Aber ich wollte, ich mußte jetzt das Ende erfahren. *»In den Nächten sind die Berge am schönsten unglaublich viele Sterne stehen am Himmel die Milchstraße ist breit und hell Sternschnuppen zischen übers Firmament und Winde erzählen Geschichten aus einem Süden in dem Stiere zwischen Mauern und Olivenbäumen rasen von hier aus sah ich einmal mitten in der Nacht die Töpferin aus ihrem Fenster im Paßhöhenhaus schauen neben ihr war der schwarze Kopf eines Manns ich brüllte ihren Namen und sie wandte mir ihr Gesicht zu einen bleichen Teich in den der Mond* *schien sie zeigte mir einen Teller der wenn ich recht sah zwei Frauen und einen Mann zeigte alle drei saßen zwischen Arven auf einem Sarkophag und sangen heitere Weisen die beiden Schwestern und der Mann«*

Ich behielt den Kopf ganz nahe über dem Tisch und grapschte blind nach einem weiteren Blatt: *»Aber schon am nächsten Tag war es als sei nie wahr gewesen daß ich die Frau geküßt hatte und sie mich wieder saß ich im Staub vor der Kapellentür zwischen Sennen Skilehrern Bahnangestellten und wenn sie in ihrer schwarzen Tracht vorbeikam sah sie mich wieder an wie zuvor wieder folgte ich ihrer Spur und hörte wie ihre Tür ins Schloß fiel wieder spielte ihre Tochter beim Misthaufen so daß ich schließlich nicht mehr wußte hatte ich das alles erlebt oder hatte ich es mir ausgedacht«*

Der Schweiß rann mir über die Finger, der Feder entlang. Die Lampe ging an und aus, irgendwelche Gasreste gerieten zuweilen in den Strumpf, der immer roter glühte, dunkler, kaum mehr. *»Vielleicht also klebe ich mir doch noch Federn an die Arme«*, schrieb ich dennoch, auch wenn ich kaum mehr etwas sah, *»wieso soll ein Esel nicht fliegen lernen mein Vater warnt mich nur noch wenn ich von ihm träume er war kein kühner Flieger oder eigentlich doch er konnte Auf- und Abwinde unterscheiden und hatte Angst sein Sohn wähle gleich beim ersten Start die Flugbahn eines Fünfzigjährigen heute ist das Gipfel-*

kreuz von Rauhreif überzogen und mein Risiko ist daß mir die Tragflächen vereisen was meint ihr Freunde wie mir zumut ist ihr denkt immer der da oben auf seinem Gipfel der hat ein irres Leben Freiheit Luft Frauen dabei wachsen mir Eiszapfen zwischen den Beinen die eine Frau ist tot die andre hat ihr Fenster zugeschmettert sicher hockt sie am Ofen und glasiert eine Vase wo seid ihr alle in eine wichtige Arbeit vertieft auf Reisen in den Armen einer Freundin eines Freunds auch tot ja da stelle ich mich halt an die Abgrundkante und starte ich werde zwischen die Gemsen auf dem Schneefeld unten fallen und mich lächerlich machen oder mir das Genick brechen oder beides«

Meine Federstriche waren kaum mehr zu sehen; das schlechte Licht und der Schweiß in der Tinte; nun sahen sie doch aus wie die Krakel, die man, als man sich noch für Geschichte interessierte, in Höhlen an den Oberläufen afrikanischer Flüsse gefunden hat. *»Und so kauere ich in meiner Kutte im Windschatten des Kreuzes und lese in meinem Brevier das Hohe Lied überschlage ich das halte ich nicht durch wer hat mir die Gerüche gestohlen an die ich mich jetzt erinnern möchte Arvenharz und Maultier mein Großvater mein Großvater weckte eines Nachts meinen Urgroßvater und flüsterte ihm ins Ohr Papa hilf mir die andern werden sowieso verrecken und zusammen trugen sie zwanzig schwere Laibe ins Tal hinab sie erreichten das reiche Engadin und verkauf-*

ten allen Käse bis auf die Rinde mit der sie sich sattfraßen und mein Großvater küßte seinen Vater und sah ihn nie wieder und ging singend durch immer nassere Wälder bis nach Frankfurt wo er mit Soll und Haben umgehen lernte und eine Frau heiratete und eine Tochter bekam und einen Enkel so daß ich jetzt davon träume was ich habe und soll statt von Maultieren und Harz«

Jetzt wars stockdunkel. Ich schrieb auf irgendwelches Papier und stocherte, wenn ein Gefühl mir sagte, die Tinte sei alle, mit der Feder ins Nichts. *»In der Zeit«*, keine Ahnung, ob die Feder schrieb oder nicht, *»als die Frau starb sie hustete Blut machte ich Gewaltmärsche von Gipfel zu Gipfel«*, wie anders, als wenn ich log, konnte ich sie meine Wahrheit ahnen lassen?, *»und schwamm durch den eisigen See bis zur Gletscherzunge unter der ich im Geröll hin- und herrannte bis ich gelassen genug war zurückzuschwimmen mit Schmetterlingsschlägen ich folgte der Blutspur zwischen Kapelle und Haus ich hustete als die Mittagsstille mit einem Mal so gewaltig wurde das Donnern aller jemals Gestorbenen wußte ich jetzt durfte ich die Tür öffnen und die Treppe hinaufgehen und in ihr Zimmer treten wo sie lag in einem weißen Kleid auf dem Rücken lächelnd und neben ihr stand ihre Tochter sie hielt ein Männertreu in der Hand und sah mich an und ich stand unter der Tür«*, ich glaube, ich stöhnte, *»und sah sie an eine Frau in einem weißen Kleid die mich anlächelte ihre Augen* *waren ernst ich lächelte auch dann stürzte ich die Treppe hinab über die Alp zum Paßhöhenhaus wo ich die Kletterschuhe unter meinem Bett hervorriß die Töpferin beiseite stieß die schrie tu das nicht bleib auf diesen Gipfel kletterte und hin- und hertaumelte und lachte und nach unten brüllte seit Jahrmillionen versuche die Erde aus ihrer Umlaufbahn auszubrechen wenn es ihr gelingen wird Freunde werden wir dieser Leidenschaft zustimmen auch wenn wir ihr nicht gewachsen sein werden«*

Vor dem Fenster leuchtete der erste Schein der Dämmerung. Ein Vogel, einer von den grünen, sah mich durch die Scheibe an. Er hatte einen roten Schnabel und so etwas wie eine Nachthaube und gähnte. Ich ahnte erneut die Umrisse des Papiers und sah, daß ich die letzten Sätze auf den Tisch geschrieben hatte. Von mir aus. *»Jetzt höre ich von weit unten das Lachen der Töpferin das Grinsen eines Fünfzigjährigen immer schon ist sie eine Frühaufsteherin gewesen ich ziehe die Schuhe aus und werfe sie in den Abgrund einer Touristin die hinter einem Fels hingegossen in den Armen eines Touristen liegt der Bermudashorts trägt auf den Kopf ja Signora die Schreie die Sie hören sind meine ich habe keine Ahnung weshalb mein Vater eines Abends auf den Fernmeldeturm kletterte und da blieb eine von Weinkrämpfen geschüttelte Eule zu der ich auf langen Leitern hinaufstieg die ich fragte kann ich etwas für dich tun du und die Eule mein Vater schüttelte den Kopf und ich* *stand auf dem Parkplatz und wartete bis der Wind ihn vom Turm hob«*

Die Tinte war tatsächlich verdampft oder so dünn, daß sie unsichtbar geworden war. Draußen lärmten plötzlich alle Vögel wie auf Kommando. *»Moos überwuchert mich«*, ich näherte mich dem Ziel, kein Zweifel, *»ich sehe über die Täler und Grate die sich röten und verblassen zwischen zwei Wimperschlägen meiner Augen fällt Schnee liegt schmilzt Kinder hüpfen vorn ins Paßhöhenhaus hinein und werden hinten in Särgen herausgetragen von Jünglingen die mit verwitterten Gesichtern auf dem Friedhof ankommen alle meine Freunde sitzen inzwischen auf Bergen da sieht man daß es so viele gar nicht sind Freunde und Berge wir rufen uns zu wir halten die Hände als Trichter vor die Münder oder wenn wir auf Empfang gehen als Schallfänger hinter die Ohren ich brülle alpenitalienisch dort einer rätoromanisch dann von weither rufen sie deutsch aber das höre ich kaum mehr ein Gespräch mit Frankfurt dauert Jahre einer ruft dem andern die Botschaft von Berg zu Berg zu von Hügel zu Hügel die Rufe verändern sich auf ihrem Weg und wenn dann eine Antwort bei mir eintrifft habe ich die Frage vergessen sowieso sagt die Heimat immer nur Nein wenn ich das ganze* bên zi bêna *richtig interpretiere wird das Weltall immer kleiner und wir verschwinden alle vereint in jenem lautlosen Punkt aus dem wir einst mit einem Knall hervorgetreten sind«*

Ein Sonnenstrahl fiel auf die Spitze meiner Feder; sie leuchtete so plötzlich auf, daß ich die Augen schloß. Dann, tief ein- und ausatmend, öffnete ich sie wieder und drehte mich lächelnd um. »Fertig«, sagte ich; und mein Lächeln erfror. Frau Meiers Bett war leer. Ich sprang so heftig vom Stuhl auf, daß dieser mitsamt dem Schreibpult umstürzte und das Tintenfaß am Boden zerklirrte. Ich rannte hin und her, schaute hinter Kisten, Kästen, riß Stoffbündel auf und wühlte darin – Kleider, Bücher – und fand einmal ein Foto, auf dem sie jung mit einem Kind vor dem Haus stand, in dessen Anbau ich jetzt wohnte. Das Kind, ein Bub, grinste und hielt einen Fuß in die Luft wie ein Kasper. Dann riß ich die Tür auf, vor der ein so gleißender Neuschnee lag, daß ich beide Hände auf die Augen preßte. Kein Wind, kein Vogelschrei mehr, nur mein Atem. Mehrere Minuten lang stand ich so, mit einer Eisluft an der Kehle und warmem Licht auf den Handrücken, bis ich endlich die Hände einen Fingerspalt auseinanderzuschieben wagte. Nirgends ein Fußstapfen. Alles weiß. Tief unten der See zwischen blauen Ufern. Der Gletscher darüber einsamer denn je. Vom Paßhöhenbahnhof her kam ein Zug und verschwand im Tunnel. Als ich rief, hörte ich nur meinen eigenen Ruf zurückkommen. Also watete ich zum Gipfel hinauf, von dem aus ich zusah, wie die Sonne in die Täler hineinzugleiten begann. Schnee lag nur hier oben. Ich weiß nicht mehr, wie, irgendwie kam ich nach unten, zu den Bäumen, hastete durch den Wald, am Hotel vorbei, nach Hause, wo Rosa vor dem glühenden Herd stand; atemlos standen wir voreinander und sahen, wie die Sonne an uns hinaufkletterte; erst als wir völlig im Licht standen, bewegte Rosa die Lippen, sie hauchte, sie wünsche sich, das solle nie aufhören, das jetzt, und sofort waren wir in einander verloren; schlingerten zwischen dem Bach und dem Herd hin und her und spürten weder, wenn wir im Wasser lagen, noch, wie unsre Hintern gegen das glühende Metall stießen; lange blieben wir dann bewegungslos in einander, unter dem Tisch, gemeinsam atmend; aber dann schlief ich doch ein, und als ich aufwachte, war ich allein. Ich lag noch immer unterm Tisch. Das Haus war von hellem Sonnenlicht gefüllt. Vögel zwitscherten vor der offenen Tür. Nachdem ich Rosas Abschiedszettel gelesen hatte – sie hatte ihn mir auf die Brust gelegt –, ging ich sofort über die blühende Wiese zwischen hüpfenden Heuschrecken davon, in der alten Spur, ohne mich umzusehen. Wieder schlich ich geduckt an der Polizeiwache vorbei, vor der die drei Polizisten auf ihrer Bank saßen und in den Himmel hinaufträumten. Oben auf dem Paß ging ich zum Bahnhof, einem felsähnlichen Gebäude, dessen Hinterseite im See stand und in dem an einem Kohleofen ein Beamter kauerte, der trotz der Hitze eine Pelzmütze und Fellhandschuhe trug; ich löste eine Fahrkarte nach Frankfurt, die er, ohne die Handschuhe auszuziehen, mit einer Feder ausschrieb, deren Spitze er bei jedem Buchstaben mit der Zunge neu anfeuchtete. Dann fragte ich ihn, ob er mir meine Lire wechseln könne, und er nickte und gab mir dafür D-Mark zu einem Kurs, den Vittorio Emmanuele akzeptiert hätte. Wir sagten noch ein paar Worte zueinander – kalt heute oder sowas –, und ich stellte mich neben das Geleise, auf dem auch bald ein Zug einfuhr, vom Tunnel herkommend, ein roter Triebwagen mit zwei offenen Badewannenwaggons im Schlepp. Niemand stieg aus; ich war der einzige, der einstieg; mein Abteil, gleich hinter dem Lokführer, war leer. Der Zug fuhr dem See-Ende entlang – wie immer schaukelte dort Frau Meiers Boot –, in weiten Kehren talabwärts durch eine Landschaft aus Felstrümmern. Wanderwege zwischen ihnen, und die Berghänge hinauf Heidelbeerkräuter. Immer wieder kurze Tunnels. Ich staunte, wie schnell sich Landschaft und Licht veränderten. Bald fuhren wir durch gelbes Laub und Obsthaine voller Früchte, zwischen denen sonnverbrannte Pflücker gingen und Esel Wasser aus Erdbrunnen pumpten. Später, nach neuen Kehren und Tunnels, an dampfenden Dörfern vorbei, die hinter Getreide verschwanden. Schwitzende Frauen mit Körben auf den Köpfen. Schließlich, kurz vor Chur, schien eine tiefe junge Sonne in Farne, die von dunklen, fast unbekleideten Gestalten gerodet wurden. Sogar in Chur selber – in einer herrlichen Anemonenluft – war noch immer kein Fahrgast zu sehen; als ich allerdings durch die Unterführung ging, hörte ich Lautsprecherstimmen, und gleich darauf drängte ich mich zwischen Reisenden, die wie ich zum Schnellzug nach Basel wollten. Er wurde doppelt geführt – im Tiefland war wohl Ferienende –, und aufgeregte Väter rannten den Waggons entlang und lugten nach noch besseren Plätzen für ihre Familien aus, die in Tränen aufgelöst auf Kofferbergen saßen. Ich setzte mich in den Speisewagen, zwischen Menschen, die ganz anders aussahen als die Bauern von eben; rosa vierschrötige Gesichter, in denen stummelige Zigarren steckten. Während der Zug durchs Rheintal fuhr, trank ich einen Weißwein, der mich quicklebendig machte. Der Walensee; der Zürichsee; dann die sanften Hügel mit ihren Burgen drauf. In Basel stieg ich in einen Intercity um, der fast geräuschlos dem breit gewordenen Rhein entlang fuhr; in der Gegend von Mannheim wurde es dunkel, und in Frankfurt regnete es. Ich kaufte im Bahnhof einen Schirm und ging zu Fuß bis in den Grüneburgweg, wo ich lange im prasselnden Regen vor dem Schaufenster der Werkstatt stand, hinter dem ein Mann, den ich noch nie gesehen hatte, unter der Neonlampe an der Werkbank saß und in einem Fernseher, einem Sony, herumlötete. Pfeifend schraubte er die Rückwand auf, klebte die Rechnung an die Seitenwand und stellte ihn ins Schaufenster; als sich unsre Blicke trafen, schaute ich schnell in eins der eingeschalteten Geräte; auf einen Film, in dem, in hektischen Schnitten, eine Frau einen Mann ohrfeigte; ein Hund bellte. Dann ging ich weg, durch in hellgrünes Licht getauchte Straßen, an vergitterten U-Bahn-Geleisen vorbei. Nur hie und da begegnete ich einem Wächter der Wach- und Schließgesellschaft, der mir mit einer Taschenlampe ins Gesicht leuchtete, oder wurde aus einem langsam vorbeirollenden Polizeiopel beobachtet. Ich landete wieder im Hauptbahnhof, zwischen Türken und Griechen, mit denen ich zusammen die Abfahrtszeiten von Zügen las, die nach Mailand oder Bebra fuhren, blätterte in der Phono-Post und schaute aus den Augenwinkeln in die Blätter meiner Nachbarn, die Frauen mit gespreizten Beinen ansahen. An einem der hohen Tische in der Halle trank ich ein Bier und sprach mit einem Mann, der eine schwarze Lederjacke trug und einen Whopper aß. Er erzählte, gerade habe er im Fernsehen gesehen, wie eine Frau durch den Spessart wandere und Beeren sammle, und plötzlich stoße sie auf den Eingang eines Stollens, so einen wie ihn die Atomeinsatzzentralen der Amis oder Russen hätten, und sie gehe da hinein, immer weiter, bis sie glaube, sie sei unter Warschau oder in der Hölle. Da fände sie Männer und Frauen, die eine merkwürdige Sprache sprächen und ihr zu essen und zu trinken gäben; sie seien rittlings auf so Minuteman-Raketen gesessen und hätten ihr nach einer Saufnacht ihre Pläne preisgegeben, in ihrer Sprache allerdings, so daß die Frau, als sie später draußen war, dem zuständigen Beamten des MAD nichts Konkretes sagen konnte; ein Mann mit Zottelhaaren hatte ihr den Ausgang aus dem Grottensystem gezeigt; durch den sei sie herausgekrochen, mitten in Frankfurt, hier. Mit dem angebissenen Whopper zeigte er auf einen Kanalisationsdeckel, auf dem ein Schwarzer in einer GI-Uniform stand, an der ein Klarsichtausweis mit seinem Foto baumelte, und einem andern Schwarzen den Mechanismus eines Klappmessers erklärte. Beiden lief der Schweiß in Strömen über die Gesichter. Ich trank schnell einen Schluck Bier. Dann bemerkte ich, daß der Mann, der mir das alles erzählt hatte, weggegangen war, und holte noch ein Bier und trank es, und dann noch eines, und dann schlenderte ich durch die Kaiserstraße, wo ich, ohne viel zu sehen, in die Schaukästen der Bars schaute. Männer standen unter den Eingangstüren und redeten auf mich ein. Ich dachte abwechselnd oder durcheinander an Rosa und die Frau in Venedig, wie wir in scheuem Witzemachen miteinander gegangen waren und plötzlich im Gras gelegen hatten; die Zeit zwischen den Witzen und dem Liegen war unauffindbar geworden; kein Übergang; aber das Mondlicht auf ihrer Haut sah ich wieder, ihren schwarzen Slip an einem Fuß wie eine Fahne. Als wir uns in der Morgendämmerung aus dem Staub aufrappelten, sah ich sie zum erstenmal von mir getrennt. Sie lächelte. Sie war bleich, ihre Augen weich. Wir gingen über ein leeres Gelände voller rostiger Fässer, Autoreifen und Plastic-Kisten, dann einer Straße ohne Trottoir entlang, auf der uns Radfahrer entgegen kamen, zu jenem Café am Hafen, wo wir allen Dreck in den Haaren ließen, damit alle es wußten. Hafenarbeiter sahen uns an. Die Morgensonne glitzerte im Ölwasser des Hafenbeckens, in dem Fischkutter schaukelten. Es roch.

Am Ende der Kaiserstraße erwachte ich zwischen schwarzen Hochhäusern. Nirgendwo war ein Mensch. Nur Autos fuhren auf breiten Straßen, und Ampeln sprangen von grün auf rot. Ich ging in ein Lokal, in dem alles – Lampen, Theke, Pfannen – aus Kupfer war, später noch in einige andere, und blieb schließlich, schon ziemlich betrunken, in einem, auf dessen Tischen Petrollampen brannten und stanken wie einst. Paare herzten sich. Ich saß in einer Nische, stumm hinter Bieren. Das heißt, einmal sang ich die Fortsetzung meines epischen Lieds; kühne Bilder, zum Beispiel, mein Held pflüge, Arien schmetternd, durch die Wogen und begegne einem ähnlichen Floß, und auf diesem stehe ein ähnlicher wie er, und dieser ähnliche – schon fast gleiche – halte sich mit beiden Händen die Ohren zu. Die Bedienung, eine freundliche Jugoslawin, bremste mich. Später, auf dem Weg zum Klo, half ich einer Frau, die an den Schubladen eines Zigarettenautomaten rüttelte. Sie hustete dazu in ein Taschentuch hinein, über das mich nasse Augen ansahen; ich blickte zurück. Sie nahm dann die Marlboro, die ich herauszog, obwohl sie Lord gewollt hatte, und ging weg. Noch später sah ich an einem der Tische Benjamin sitzen, oder einen, der ihm glich, denn nun war ich sehr betrunken. Die Frau vom Automaten saß neben ihm. Der der Benjamin ähnlich war schrie ununterbrochen »Flamingoeier! Ich will meine Flamingoeier!«, und die Frau hielt ihre Hand vor seinen Mund. Ich setzte mich zu den beiden. Während ich nach den Händen der Frau faßte, um sie zu küssen – bleiche schmale Händchen –, fiel mein Kopf auf die Tischplatte, und ich schlief. Ich träumte, ich spräche vor mich hin, in andern Zeiten habe sich alles ineinandergefügt; Menschen seien geboren worden, während glühende Steine vom Himmel fielen und die Gebärenden erschlugen; Väter hätten sich zu ihrer Stunde unters Brennholz gemischt, und die Söhne hätten die Axt, die schon ihren Großvater getötet hatte und sie selber töten würde, hineingeschlagen; die Schädel aller jemals Toten, in zwei Reihen aufgestellt, träfen sich am Horizont; vielleicht seien wir die letzten, die weinten, die nächsten würden in einsamer Ichhitze verrecken.

Als ich aufwachte, mit einem fürchterlichen Kopfweh, lag ich in einem umgedrehten Tisch in einer Küche. Ein Herd, eine Spüle, ein Kühlschrank, und überall Tüten, aus denen Abfall quoll. Ich zog mich an einem der Tischbeine in die Höhe und badete meinen Schädel im Spülbecken, aus dem ich dreckige Pfannen und Teller weggeräumt hatte. Dann hustete und lauschte ich. Nichts. Vor dem Fenster – die Scheibe hatte einen Sprung – war eine breite Autostraße, dahinter ein hoher Zaun aus Elektrodrähten; hinter diesen standen in einer graslosen Rasenfläche Häuserblocks, auf die große Schablonenbuchstaben gemalt waren. Soldaten mit umgehängten Maschinenpistolen, zwei Schwarze, gingen hinter dem Zaun auf und ab. Über die braune Wiese rannte ein Mann in einem Trainingsanzug und einer Pudelmütze. Ein anderer in einer khakifarbenen Arbeitskleidung schlenderte neben einer Frau, deren Haare voller Lockenwickler waren und die einen Einkaufswagen vor sich herschob, in dem, auf Bergen von Klopapierrollen, ein Kind saß und mit einem Bolzengewehr nach Spatzen und Amseln schoß. Ich öffnete den Kühlschrank. Quark, Bier, ein angebissenes Sandwich. Vor mich hinbrummelnd drehte ich den Tisch um, setzte mich darauf und aß den Quark. Jenseits des Zauns spielten Kinder mit meterbreiten Schultern Baseball. Sie standen in unbewegten Knäueln, spritzten plötzlich auseinander und erstarrten Sekunden darauf wieder. Der Quark war so trocken, daß ich ihn mit dem Bier hinunterspülen mußte.

Endlich hörte ich Geräusche irgendwo in der Wohnung, Gelächter, dann Schritte. Jemand flüsterte ganz nahe. Dann schlug eine Tür zu, und meine ging auf, und Benjamin – strahlend in einem weißen Anzug – trat ein.

»Na alter Junge«, rief er.

»Sie sind es also wirklich.« Ich stürzte auf ihn zu und schüttelte ihm die Hand. Dann standen wir da und lächelten.

Da beinah schon Mittag war, gingen wir in eine Pizzeria, in der wir zwischen Schilfwänden sitzend

Spaghetti aßen. Benjamin trank Wein, ich Mineralwasser. An den Wänden hingen angekokelte Brettchen aus Kunststoffholz, auf denen die Speisen des Hauses in DM und Dollars angeschrieben standen. Benjamin lag mit lang ausgestreckten Beinen in seinem Stuhl und sprach ununterbrochen. Er hatte seinen Schnurrbart gestutzt – so etwas wie ein Menjoubärtchen war daraus geworden – und bändigte seine Haare mit Brillantine. An den Fingern trug er große Ringe, und wenn er sprach, machte er weite Armbewegungen. Seinen weißen oder eher cremefarbigen Sakko hatte er über die Stuhllehne gehängt; jetzt saß er in einem enganliegenden Hemd da, in das eine Rose eingestickt war; breite rote Hosenträger spannten sich darüber, mit denen seine dicken Daumen spielten.

»Kann ich bei Ihnen wohnen?« sagte ich. »Diese Stadt ist meine Heimat, aber ich wüßte nicht wohin in ihr.«

Er wippte auf dem Stuhl hin und her und sah mich an. Dazu massierte er sich mit einer Hand den Nacken. Endlich nahm er sein Glas, hob es hoch und rief: »Prost!«

Dann erzählte er mir, er sei jetzt im Kunsthandel tätig. Das heißt, er sei es, in einem gewissen Sinn, ja schon immer gewesen. Ja. Aber hier habe alles eine neue Dimension, wenn ich verstünde, was er damit ausdrücken wolle; er habe hier die besseren Leute an der Hand. Einem Kunden habe er gerade eben ein Bild verkauft, da könne einer normalerweise ein Leben lang auf so eines warten.

»Chef«, brüllte er. »Wein. Ich habe Besuch von meinem besten Freund.«

Nachdem wir jeder einen Schluck getrunken hatten – der Wirt hatte auch mir Wein eingeschenkt und stand wieder hinter der Theke, wo er mit zwei Frauen in Khakiuniformen sprach –, beugte sich Benjamin plötzlich über den Tisch, packte meine Hand und sagte: »Ich habe einen Job für Sie.«

»Ah«, sagte ich.

»Beim Fernsehen. Da kennen Sie sich doch aus. Ihr Chef ist ein Kunde von mir.«

»Aha.« Benjamins Hand war heiß und naß.

»Ich muß sowieso zu ihm rüber. Ihr Chef hat nämlich das Bild noch nicht bezahlt. Das heißt, ich habe es noch nicht geliefert. In der Zwischenzeit ist es das beste, Sie lassen sich das Gehalt auf unser gemeinsames Konto überweisen.«

»Was ist das für ein Job?«

»Wie war das eben? Sie wollen bei mir wohnen?«

»Ja.«

Wir tranken. Etwas später setzte sich der Wirt zu uns – wir waren längst die einzigen Gäste –, und Benjamin erzählte ihm, ich käme aus einem Gebirgstal, in dem die Bewohner durch das Schmuggeln so reich geworden seien, daß in jedem Alpenstall ein Steinwayflügel stehe, und einer von diesen Urgnomen habe sogar, weil seine Hütte zu eng gewesen sei, ein

Loch in eine Mauer gebrochen, durch das nun das schwarze Ende des Flügels rage, gebleicht von Winterstürmen.

»Ich bin im Westend aufgewachsen«, sagte ich.

»Schauen Sie ihn doch an«, rief Benjamin. »Zuweilen rennen Ratten oder Kinder über die Klaviertasten. Wenn ein Schmuggler erwischt wird und ein paar Jahre kriegt, will er nie schlossern oder schreinern lernen« – Benjamin grinste mich wie einen Komplizen an –, »nein, der übt jeden Morgen mit dem Gefängnispfarrer Tonleitern auf dem Harmonium. Wenn man unten im Tal der Grenze entgegenwandert, hört man hoch oben die Bergbauern, wie sie mit ihren Klavieren die Geister bannen. Fragen Sie doch ihn.« Er deutete mit einem Daumen auf mich, und der Wirt sah mich an; ich nickte. »Ich bin aus Neapel«, sagte der Wirt. »Da versinkt ein Haus nach dem andern in der Erde. Schon heute läuten die Kirchenglocken aus Gestühlen auf ebener Erde, über einen einsamen Strand hin, gegen den blaue Wasser plätschern.« Er wischte sich mit dem Handrücken über die Augen; dann legte er Benjamin die Rechnung hin, die er während seiner Erzählung geschrieben hatte; Benjamin blickte darauf, nickte und schob sie zu mir herüber.

Draußen auf der Straße warf er sich zwischen die Autos und stoppte ein Taxi, das uns zum Hessischen Rundfunk brachte. Während der Fahrt schwitzte ich und hatte Rückenschmerzen, aber Benjamin saß plappernd neben dem Fahrer und erzählte ihm, ich sei ein umgeschulter Weinbauer, und später, ob er den Fernsehturm dort sehe, dort vorne, das Restaurant oben drehe sich – natürlich sei das ein Konstruktionsfehler – so schnell, daß die Gäste an der Außenwand klebten und die Speisen ihr Ziel ganz ohne Kellner – die Küche befinde sich in der Achsmitte – durch die Fliehkraft erreichten. Dann waren wir beim Hessischen Rundfunk. Ich bezahlte. Am Eingang saß ein uniformierter Mann in einem Glaskasten; durch einen Schlitz schoben wir ihm unsere Personalausweise hin, er tippte die Angaben in einen Computerterminal und starrte in den Bildschirm, mit Augen, in denen sich hin- und herhuschende Buchstaben spiegelten. Endlich entspannte sich sein Gesicht, er schrieb unsere Namen auf zwei Formulare, faltete sie, schob sie in Klarsichthüllen mit Plasticklammern und quetschte sie durch den Glasschlitz, der für die Klemmen zu eng war. Ich befestigte den Ausweis an meinem Pulloverkragen. Zwei Männer mit Maschinenpistolen, die Armbinden mit der Aufschrift HR trugen, sahen aufmerksam zum Parkplatz hinüber, von dem her etwa zehn junge Frauen in roten Jackenkleidern und beigen Halstüchern herangeschwärmt kamen, rufend und lachend, angeführt von einem dicken Mann mit einem roten Gesicht und einer Hornbrille, der dem Mann im Glaskasten zurief, sie seien von Musik macht frei. Ein Summer öffnete eine Glastür, und alle verschwanden in einem langen Korridor aus griechischen Säulen und getöntem Glas, der dicke Mann mit energischen Schritten voran, die Frauen fast rennend hintendrein. Sofort waren sie verschwunden. Wir gingen im Sog ihrer Parfüms durch Hallen und Korridore, in denen unsere Schritte dröhnten. Schildchen mit grünen rennenden Männersymbolen zeigten uns die Fluchtwege. Durch farbige Oberlichtfenster drang Licht. Benjamin ging jetzt stumm vor mir her, nur einmal, als wir eine breite Marmortreppe hinaufgingen, wandte er sich um und sagte: »Er ist mein bester Kunde. Er ist echt in Ordnung. Er leitet die Abteilung Kontrolle.«

Dann öffnete er, ohne anzuklopfen, die Tür zu einem Raum, in dessen diffuser Dämmerung eine junge Frau hinter einer Schreibmaschine saß, aus der ein Farbband in einen Papierkorb hinabfloß; als die Frau hochsah, schrieb sie weiter, ohne daß jemand die Tasten drückte. Ich dachte, russische Pianisten haben auf ihren Amerikatourneen so eine Automatik im Flügel. Ein heller Spannteppich dämpfte meine Gedanken; vor einem großen Fenster hingen Lamellenstoren; und an den Wänden zwei Ölbilder. Die Frau – sie trug einen weißen Pullover – strahlte Benjamin an, der sich zu ihrem Ohr niedergebeugt hatte und hineinflüsterte; sie kicherte, gab ihm einen Klaps auf die Wange und sagte: »Aber Benjamin, nur mit richtigen Männern, doch nicht mit Ihnen.«

»Ihr Chef ist da?«

Sie nickte. »Die Vögel scheißen Ihre Statue voll.«

Sie stand auf und ging durch eine wattierte Tür, die sie halb offen ließ. Es roch nach Pinien. Ich stand vor einem der Ölbilder – einem Blick durch ein Fenster auf eine grellrote Landschaft an einem blauen Meer – und hörte ganz weit weg Stimmen, die der Frau, und ein Krächzen. Benjamin blätterte in gefalteten Endlospapieren mit langen Zahlenreihen. Ich ging zur Schreibmaschine und sah ihr zu; sie schrieb und schrieb, herzliche und warme Sätze. Plötzlich blieb sie stehen. Die Frau kam zurück, schob die Tür ganz auf und sagte: »Bitte.« Sie zwinkerte Benjamin zu.

Wir traten in einen riesigen Raum, einen überdachten Garten, in dem Vögel schrien. Zwischen Palmen und Orchideen stand, fern vor einer Fensterwand aus grünem Glas, ein Mann neben einem weißlackierten Schreibtisch. Er sah aus wie ein Wehrmachtsoffizier, der seine Erinnerungen an Stalingrad mit der Sehnsucht zudeckte, ein britischer Offizier in Singapur gewesen zu sein. Ein braungebranntes Gesicht und graumelierte Haare. Durch einen weißen Teppich wateten wir seinen ausgebreiteten Armen entgegen, in die Benjamin stürzte. Lange schlugen sie sich auf die Schultern, sagten »Nanana«, und als sie sich endlich voneinander lösten und der Mann mir die Hand gab, ohne mich anzusehen, sagte Benjamin: »Er kommt von den Bergen.« Sofort öffnete der Mann eine Bar mit unzähligen Flaschen, über denen ein Monitor flimmerte, auf dem – in einem großen Saal – Männer und Frauen in fast unsichtbar kleine Fernsehgeräte blickten; und während der Mann Whisky in drei Gläser einschenkte, kam, in einem Zoom, einer der Männer groß ins Bild, einer mit gelben Zähnen, zwischen denen eine Pfeife steckte, und der, als er den Bildschirm füllte, die Pfeife fallen ließ und die Zunge herausstreckte. Sofort schlug unser Gastgeber auf einen Knopf, und der Monitor wurde schwarz. »Setzen Sie sich«, sagte er in die Gläser hinein, und dann: »Soso. Sie kommen also von den Bergen.« Das sagte er zu einem Papagei, der auf einer Stange zwischen Blumen mit handgroßen weißen Blüten saß.

»Ich habe mein ganzes Leben im Westend zugebracht«, sagte ich, während ich bis zum Hals in einem Lederpolster versank. Neben mir ragte Benjamins Kopf aus einem ähnlichen Polster. Der Mann setzte sich hinter seinen Schreibtisch und begann auf seinem Stuhl so auf und ab zu wippen, daß sein Gesicht, wie ein hektischer Mond, hinter dem Horizont der Tischplatte verschwand, sichtbar wurde und erneut verschwand.

»Das ist ein unbeschreibliches Gefühl«, sagte er und tauchte auf, »wenn am Morgen die Sonne die Gipfel rötet.«

»Ja«, sagte ich.

»Ihr Verantwortungsbereich wäre« – er war erneut verschwunden –, »Sie sehen sich die von uns produzierten Filme an – Übernahmen und Fremdproduktionen gelten wir pauschal ab – und legen die Auftrittsanteile der Schauspieler fest, weil diese nach Sekundeneinheiten bezahlt werden. Klar?« Er hielt mit seinem Geschaukel inne und betrachtete einen Zweig, an dem eine Orange hing, die von einem Infrarotstrahler gewärmt wurde. Er streichelte sie. Kolibris schwirrten um seinen Kopf.

»Ich bin Fernsehmechaniker«, sagte ich. »Ich habe bei meinem Vater gelernt. Aber ich habe keinen Abschluß.«

»Genau«, sagte der Mann und hauchte die Orange an. »Ihre Berge sind übrigens schuld an der Kostenexplosion im Gebührensektor. Ich sage Ihnen das in aller Freundschaft. Für einen einzigen Burschen wie Sie müssen wir jeweils eine komplette Sendeanlage auf einen Gipfel stellen.« Er lachte so laut, daß der Papagei aufflatterte und die Orange auf den Teppich fiel. Ich sah, wie sein Fuß sie unter ein Regal schob. »Was soll ich machen?« rief er. »Die Kolibris verunreinigen in erheblichem Ausmaß meine Pietà.«

Benjamin, der, aus seinem Ledersumpf heraus, sich unter einen Glastisch gebeugt hatte, in dem eine Schlange kroch, schrak so heftig hoch, daß sein Kopf gegen die Platte schlug. Während er zu einer Statue aus Holz ging, rieb er sich den Schädel. Beide kratzten dann mit den Fingernägeln an der Madonna herum.

»Ajax«, sagte Benjamin. »Oder Schrot.« Er lächelte, noch immer an seinem Schädel reibend, und hörte damit wieder auf, als er sah, daß der Mann bekümmert blieb.

»Ich will Ihnen mal was sagen«, sagte dieser nach einer Weile leise zur Pietà. »Ich habe hier als Bote angefangen. Sie müssen sich schon ranhalten. Einmal war Heidegger beim Intendanten zu Besuch, und als er mich sah, sagte er, der da wird es noch weit bringen. Das hat mir damals enorm was gegeben.«

»Ja«, sagten Benjamin und ich gleichzeitig.

»Ich bin sicher, bei Ihnen wird das nicht anders sein.« Er seufzte. Ohne den Blick von der Pietà zu lösen, streckte er mir eine Hand hin, an der ich mich aus den Ledern hochzog. Seine andere Hand strich mir kurz über die Haare. Ich spürte, wie mein Kopf glühendheiß wurde und rannte zur Tür, auf einem Teppich, der federte wie eine Mooswiese. Hinter mir schrie ein Tier, das ich übersehen hatte; ein Kranich?

Im Vorzimmer faßten mich Benjamin und die Frau im weißen Pullover unter den Armen – meine Füße berührten den Boden kaum mehr – und führten mich, über meinen Kopf hinweg plaudernd, durch lange Korridore, über Treppen und einmal durch einen gläsernen Laufsteg, der hoch über einer Straße hing, auf der Einsatzwagen des Fernsehens mit blinkenden Blaulichtern fuhren. Schließlich kamen wir in einen großen Saal, in dem unter grellen Neonleuchten unzählige Monitoren standen, jeder in einer offenen Koje, mit einem Drehstuhl davor. Auf den meisten dieser Stühle saßen Männer oder Frauen – ich erkannte sie wieder, ihre Abbilder hatte ich oben im Zimmer des Abteilungsleiters gesehen – und sprachen miteinander oder rauchten still. Die Monitoren waren schwarz. Benjamin und die Frau führten mich zu einem leeren Stuhl, »das ist Ihr Arbeitsplatz«, vor einen Bildschirm, in dem sich mein Gesicht spiegelte. Das Objektiv einer Kamera sah mich an. Vor mir eine Art Pult mit Formularen, Filzstiften, einer Stoppuhr und einer großen schwarzen Metallklammer, in die gerade eben ein Mann, der wie eine Eule aussah, das Foto einer Frau klemmte, die schwarze Haare und einen ernsten Blick hatte.

»Gestatten«, sagte er. »Ihre Schauspielerin. Wenn sie auftritt, drücken Sie die Uhr; wenn sie verschwindet, wieder. Die Sekundeneinheiten notieren Sie hier. Wir fangen gleich an.«

Die andern machten sich vor ihren Monitoren bereit. Auch in ihren Klammern steckten Fotos. In der des Eulenmanns, der sich neben mich setzte, war eins mit zwei verschrumpelten Greisinnen; aber vor ihm auf dem Pult lagen Bücher und vollgekritzelte Manuskriptseiten, in denen er – nachdem er mich angelächelt hatte, als könne er sich undeutlich an mich erinnern – mit einem dicken Stift herumzumalen begann. Auf meiner andern Seite saß der Mann, der uns auf dem Monitor die Zunge herausgestreckt hatte; und wieder hatte er das Kameraobjektiv vor sich wie einen Feind ins Auge gefaßt und schob die Zungenspitze zwischen den Lippen hervor. Aber da heulte eine Sirene los, und er zog die Zunge zurück und starrte auf den Bildschirm. Tatsächlich lief da ein Film, ohne Ton, der gleiche wie auf meinem. Ich saß ganz vorn auf der Stuhlkante und hielt den Daumen auf den Knopf der Stoppuhr. Es ging, falls ich die Bilder richtig deutete, um einen Wissenschaftler, der im Max-Planck-Institut nach einer Formel zur Lösung der Probleme der Welt suchte und dabei durchs Fenster plötzlich eine Frau sah. Ich drückte die Stoppuhr. Die Frau betrat am Arm ihres Manns eine Kirche; als das Portal sich hinter ihr schloß – wieder drückte ich die Uhr –, stand der Wissenschaftler schon in Flammen; er zog sich an eine einsame Quelle zurück, die irgendwo in der Nähe von Kufstein aus einem Felsen schoß; er suchte weiterhin nach der Formel, aber wie auch immer er seine Brüche kürzte, es wurde stets ihr Name daraus; einmal stieg er auf die Zugspitze und schrie ihn ins All; mindestens verstand ich seine Mundbewegungen so; die Vokale hallten über die Ebene und fielen auf München nieder, wo die Frau noch immer neben ihrem Mann in der Kirche kniete. Wieder drückte ich die Stoppuhr. Sie stockte einen Herzschlag lang in ihrem Gebet und klammerte sich an den Arm neben ihr; aber der Gatte hörte den Schrei aus dem Himmel, den er gerade um Hilfe beim Verkauf von zwei Millionen Halbfertigprodukten an die Sowjetunion anflehte, nicht; dann starb die Frau. Ich stellte die Uhr ab und gähnte. Der Wissenschaftler pflanzte Rosen an der Quelle; er korrespondierte mit dem Ministerpräsidenten von Bayern und König Faisal und gab ihnen Ratschläge; endlich konnte er die Frau ohne Hemmungen begehren; die Formeln, die er nun eine nach der andern fand, setzten die umliegenden Gehöfte in Brand; eigentlich hätten der Gatte und er Freunde werden müssen; der Gatte hatte mit tauber Seele gehabt, was der Wissenschaftler so lebhaft empfunden hatte; zusammen hätten sie die Frau zu *einem* Bild fügen können; und einmal saßen sie sich tatsächlich an einem Wirtshaustisch gegenüber, tranken Bier und sprachen von ihren toten Frauen, ohne zu merken, daß sie dieselbe meinten; ein roter Mond hing über beiden, als sie nach Hause wankten; später, älter geworden, lag der Wissenschaftler in einer Art Mönchsgewand in einem Garten voller Veilchen, und die tote Freundin kam wie ein Engel auf ihn niedergeschwebt. Ich erschrak so sehr, daß ich die Stoppuhr viel zu spät drückte. Die Freundin machte sich an seiner Kutte zu schaffen; er sich an ihrem heiligen Gewand; am Abend dieses Glückstags fanden ihn zwei uralte Schwestern, die ihn betreuten und ununterbrochen seine Formeln vor sich hinmurmelten, ohnmächtig auf der Türschwelle liegen; sie wickelten ihn in seine Hosen und schleppten ihn in ein Zimmer, das gleich darauf sein Sterbezimmer wurde; ohne die Augen aufzuschlagen, entschlief der herrliche Wissenschaftler; wie schrien nun die beiden Schwestern, mit offenen stummen Mündern; sie brüllten die Formel zur Lösung der Rätsel der Welt zu den Fenstern hinaus, mit Stimmen, die Bäume fällten; Staatsoberhäupter schickten Kränze; im Paradies verschmolz der Wissenschaftler mit seiner Freundin, ein Seufzer mit einem Hauch, und Tränen schossen mir aus den Augen, so daß ich den Knopf der Stoppuhr erst fand, als die Mattscheibe längst schwarz war.

»So eine Scheiße«, sagte neben mir der Mann mit der Pfeife, während er aufstand. Dann ging er, eine Leine in der Hand schwenkend, zur Tür hinaus. Die andern Männer und Frauen standen zwischen ihren Monitoren herum und plauderten miteinander.

»Er hat einmal einen Hund gehabt«, sagte der Mann mit dem Eulengesicht. »Er kann ihn nicht vergessen. Wie früher geht er in den Pausen im Korridor auf und ab. So ein Hund muß zehn Kilometer im Tag gehen, sonst stirbt er.«

»Warum geht er nicht hinaus?« sagte ich. »Ins Freie?«

»Die Kontrollen an den Eingängen sind nicht gegen die Terroristen.«

Als einziger, mich ausgenommen, war er nicht aufgestanden. Er schien in irgendeine wichtige Arbeit vertieft, schien, denn plötzlich sah er mich an und sagte: »Die inszenieren ihre Filme längst nicht mehr selber. Mir machen die nichts vor. Die binden irgendwem eine Kamera auf den Hut, einem Polizisten. Und abends schneiden sie das Material auf action und denken sich Namen für den Vorspann aus.«

»Aber der Film da eben«, rief ich aus, »das gibts doch im wirklichen Leben nicht.«

»Hören Sie mal.« Der Mann mit dem Eulengesicht sah mich an wie einen, der an den Storch glaubt. »Wahrscheinlich hat der mit der Kamera dann die Kleine abgekriegt. Immer läuft so ein Ding ja nicht.«

Inzwischen stand ich hinter ihm und sah, daß er auf Pauspapier geschriebene Gedichte vor sich liegen hatte, die er über asiatisch aussehende Tuschezeichen legte; dann strich er all das, was von den Gedichten über die Kleckse hinausragte, mit einem dicken Filzstift weg.

»Was tun Sie denn da?«

»Ich habe Goethes Gedichte ins Chinesische übersetzt«, sagte er, ohne aufzusehen. »Ich bin gerade bei der Endkontrolle. Ich merze alles aus, was nicht genau gleich geworden ist.«

»Aber wieso beim deutschen Text?«

»Hören Sie, an meiner Übersetzung habe ich ein Jahr lang gearbeitet.« Wieder sah er mich an wie vorhin. Dann lachte er plötzlich. »Übrigens, kennen Sie den? Was ist der Unterschied zwischen Mut, Übermut und Schlagfertigkeit?«

»Nein.«

»Mut ist«, sagte er, »wenn Sie erst um neun Uhr zur Arbeit kommen. Übermut ist, wenn Sie es erst um zehn Uhr tun. Schlagfertigkeit –« Aber da klingelte das Telefon, und er hob den Hörer ab, bereits lachend. »Für Sie.« Benjamin. Er war schwer zu verstehen, weil im Hintergrund eine laute Musik dröhnte und Frauen und Männer brüllten; er sagte, ich solle nicht vergessen, heute noch, gleich jetzt, in der Gehaltsabteilung das mit dem Konto zu regeln; es habe sich ein kurzfristiger Engpaß ergeben. Dann fragte er, wie es so gehe, und hängte ein. Auch ich legte den Hörer auf die Gabel zurück.

Da der Mann mit dem Eulengesicht in Goethes Gedichte zurückversunken war – er strich gerade den halben Erlkönig weg –, ging ich zum Fenster und sah hinaus. Es regnete aus Wolken, die bis zu den Dächern herabhingen. Autos standen mit brennenden Scheinwerfern und laufenden Scheibenwischern ineinander verkeilt; zwischen ihnen, stumm, ein Krankenwagen, dessen Blaulichter sich drehten. Der Fahrer hatte eine Zeitung übers Steuerrad gebreitet und fuhr, ohne hochzusehen, weiter, wenn die Kolonne ein paar Meter vorrückte; hinter ihm lag eine Frau auf einer Pritsche, ohne sich zu rühren. Unter einem Baum, durch dessen Blätter die Regenflut ungebremst rauschte, standen zwei in Leder gekleidete Gestalten neben einem Motorrad und küßten sich in immer erneuerter Leidenschaft; auf den Köpfen trugen sie rote Helme. Eine Frau mit einer Plastictüte auf den Haaren rüttelte an der Tür eines Volkswagens, auf dessen Hintersitzen ein Kind schrie. Hie und da sprang ein Fußgänger durch Pfützen. Mit blinkenden Positionslichtern flog ein Hubschrauber über uns hinweg, knapp unter den Wolken. Ich wußte, er wollte zum IG-Farbenhaus, dahin, wo ich gewohnt hatte, zu einem Landeplatz im verminten Teil des Grüneburgparks; nur NATO-Generäle kannten den Weg durch die Sprengsätze; die Amis hatten zwar Holunderbüsche darum herum gepflanzt, dennoch konnte man durch die Luken zuweilen die Generäle hüpfen sehen wie Kinder; oft auch waren Hunde in die Luft geflogen. Ich rüttelte am Fenster, weil ich den Kopf in den Regen hinausstrecken wollte. Aber es ließ sich nicht öffnen, und zudem veranlaßte mich ein merkwürdiges Dröhnen, mich umzuwenden. Eine Frau vor einem der Bildschirme stieß ihren Kopf unablässig gegen die Metallumrahmung. Der Mann mit der Pfeife, der gerade – die Leine schwenkend – vom Korridor zurückkam, rief: »Aber, aber, was machen Sie denn nun schon wieder?« und setzte sich neben sie. Außer ihm nahm keiner von ihr Notiz. Ich setzte mich auch – noch immer quälte sich die Frau – und sah den Mann mit der Pfeife fragend an. Ja, auch er gehe zuweilen schreiend hin und her und zerbreche seine Pfeife. Die Frau sei eine Gräfin oder Herzogin und könne nicht verstehen, warum die Welt so geworden sei. Wo waren die Höfe hin, in denen sie auf den Schultern ihres Papis saß, der einstmals Gutsbesitzer, später Nazi und dann Bürgermeister gewesen sei. Die Eidechsen, denen die Schwänze abfielen. Die Sauerampfer und die Kartoffelkäfer und die Heuschrecken. Die Gluthitze in den Sommern. Es gab heute keine Heublumen mehr wie damals, Mohn,

Vögel, die aus jedem Gebüsch hervorstoben. Der Mann mit der Pfeife hatte eine ganz leise Stimme bekommen, und zusammen sahen wir stumm die Gräfin an, die immer noch – ihr Schmerz war zur Gewohnheit geworden – den Kopf gegen eine Delle im Blech schlug. Sie war weder jung noch alt und hatte straff nach hinten gezogene blonde Haare mit einem geflochtenen Haarknoten. Plötzlich zerklirrte der Bildschirm, und sie kippte aufschreiend nach hinten auf den Boden. Ich rannte zu ihr hin. Hinter mir rief der Mann mit der Pfeife: »Also, Gräfin, nehmen Sie sich ein bißchen zusammen.« Um uns bildete sich nun doch ein Kreis von Frauen und Männern; ich stützte die Gräfin im Rücken, so daß sie in den Scherben saß statt lag. »Früher hatten wir Polen«, murmelte sie, »die uns die Kirschen pflückten und über die Ohren hängten, und mein Papi biß sie mir weg.« Sie lächelte alle an, die um sie herumstanden, langsam und ruhig, und alle lächelten zurück.

Da erklang die Sirene wieder, und alle gingen zu ihren Bildschirmen zurück. Auch die Gräfin stand auf und setzte sich vor ihre Trümmer. In meiner Klammer steckte ein Foto eines Greises mit schlohweißen Haaren; ich hatte ihn kaum angeschaut, da bewegte er sich auch schon auf dem Bildschirm. Klar, der Mann mit dem Eulengesicht gab mir immer die Hauptrollen; er selber behielt die Wurzen und konnte in aller Ruhe seinem Nebenverdienst nachgehen. Es ging um einen alten Mann, meinen, der ein ganzes Leben lang, wie unter einem Zwang, nur Frauen mit drei Buchstaben geliebt hatte; Eva, Lea, Ute; jedoch alle diese Frauen waren nur Episoden in den enzyklopädischen Erinnerungen des Greises; die einzige, die ihn auch heute noch beben ließ, war seine Cousine; wie hatte er sie in seinen Jünglingsjahren begehrt; Ada; da beider Elternhäuser zwar freimütig, aber auf ihren Ruf bedacht waren, mußten die Cousine und er ihre Leidenschaft verbergen vor Eltern, Schwestern und Gärtnern; alle verbrachten die Sommer im selben Haus, einer Villa irgendwo auf der Krim, mit Wintergärten und Treibhäusern in weitläufigen Parks; die Väter waren auf Geschäftsreisen oder Löwenjagden und standen dann plötzlich im Salon, wo die beiden auf dem Sofa liegenden Liebenden gerade noch auseinanderspritzen konnten; die Väter tranken dann mit den Frauen einen Martini und gaben den Töchtern Klapse auf die Pos; inzwischen ritt die Cousine im Speicher auf dem brüllenden Cousin; gleich darauf standen beide, sich Sie sagend, mit Cocktailgläsern mit roten Kirschen drin an Kaminsimse gelehnt und plauderten mit in Tüll gehüllten Tanten über ein Picknick, das sie an eine stille Bucht mit glasklaren Wassern führen sollte, wo der Cousin dann die Cousine in den Uferdisteln so beutelte, daß der Kinderarzt ratlos vor dem merkwürdigen Ausschlag den ganzen Rücken hinab stand. Der Film endete damit, daß die beiden Liebenden, runzlig geworden, nebeneinander auf dem Sofa von früher saßen; sie waren verarmt und gingen jeden Dienstag zusammen zu einem Altentreff und erzählten den andern ihre Erinnerungen; diese bogen sich vor Lachen; nur die Erzähler blieben unter ihrem Lachen ernst.

Nach Arbeitsschluß – in allen Korridoren drängten sich jetzt Menschen; bei der Ausgangstür nickten die Angestellten mit den Maschinenpistolen jedem zu – lud ich die Gräfin zu einem Campari ein, den wir in einem Lokal tranken, das einer Geisterbahn glich. In einem düstern Licht saßen wir in tiefen Polstern an einem nußkleinen Tisch. Die Gräfin trug einen Verband um den Kopf, durch den Blut sickerte. Aus schwarzen Ecken kam Musik. Ich trank zuerst meinen Campari, dann den der Gräfin, und hörte ihr zu, wie sie weinend von ihrem Vater erzählte, der schwankte zwischen Streicheln und Peitschen. Während des Essens hatte sie mit Büchern unter den Achseln sitzen müssen; sie konnte Knickse machen; wenn sie in den östlichen Wintern geweint hatte, weil die Finger abgefroren waren, hatte sie Prügel gekriegt; sie war in den Wald gelaufen, um zu schreien und zu lachen, denn ihr Vater, zum Siegen geboren, meinte, jemand wie sie dürfe keine Schwäche zeigen. Nach einiger Zeit begann ich, ihre Tränen wegzuküssen. Sie verstummte, und lange saßen wir Wange an Wange. Ich dachte an Rosa. Ich konnte mich nicht erinnern, wer die erste Bewegung gemacht hatte, die uns ineinander stürzen ließ. Später fuhr die Gräfin mitten aus einem Kuß aufschluchzend aus den Kissen und rannte in die

Nacht hinaus. Ich blieb benommen sitzen und sah erst jetzt, daß das Lokal voller Leute war. An allen Tischen redeten sie; junge Frauen in Military-look-Kleidern und Männer mit Freizeitjacken. Mir gegenüber war eine dicke Rauchwand, aus der, ebenfalls in einer Freizeitjacke, der Mann mit der Pfeife trat; seine Leine hatte er auch jetzt mit und legte sie, nachdem er sich neben mich gesetzt hatte, über seine Beine.

»Woher wußten Sie, daß ich hier bin?«

»Erstens ist das mein Stammlokal.« Er gab dem Wirt ein Zeichen, und der begann aus mehreren Flaschen ein Getränk zu mischen. »Zweitens weint Ihre Gräfin, weil sie mich liebt. Drittens schreibe ich jeden Tag die Führungsberichte für den Abteilungsleiter.«

»Die Führungsberichte?«

»Früher waren wir immer zusammen. Bei den Notstandsgesetzen gingen wir zu Fuß von Frankfurt bis Bonn. Wir warfen dem Schah Steine an den Kopf.« Er sah auf die Hexen und Gespenster, die die Ausstattung der Bar bildeten, und sog beim Atmen die Luft auf eine merkwürdige Weise an, so als wolle er die Lungen zu schnell füllen. Hinter der Bar schüttelte der Wirt noch immer seinen Mixer, ohne uns aus den Augen zu lassen. Ich leckte die letzten Tropfen des Camparis der Gräfin aus und dachte, daß mir einmal jemand erzählt hatte, er sei mit einem Finger im Campariglas eingeschlafen – oder war es der Finger seiner Frau gewesen? –, und als er aufwachte, war da nur noch ein Knochen. Gerade wollte ich die Geschichte meinem Nachbarn erzählen, da nahm der die Pfeife aus dem Mund, qualmte mich an und sagte: »Natürlich ist es auch heute nicht verboten, sich nach Arbeitsschluß mit einem Kollegen zu treffen. Nur, der Abteilungsleiter sieht es nicht gern. Der Wirt schreibt auch schon seinen Bericht.«

Tatsächlich beugte sich der inzwischen über ein Papier und schrieb; seine Zungenspitze leckte die Oberlippe. Mit der linken Hand schirmte er das, was er schrieb, vor den Blicken zweier neuer Gäste ab, die auf die Barhocker geklettert waren, eines Manns, an dem alles grau war, und einer Frau in einem schimmernden Hosenanzug, deren Hintern sich über den Hocker hinabwulstete. Beide saßen regungslos nebeneinander. Zwischen ihnen stand eine volle Whiskyflasche.

»Wieso setzen Sie sich zu mir?«

Der Mann mit der Pfeife lachte, deutete auf den Wirt und sagte überhaupt nicht leise: »Ich gebe ihm jedesmal einen Hunderter.«

»Aha.«

»Der Abteilungsleiter gibt ihm allerdings auch einen Hunderter. So schreibt er trotzdem seine Berichte; aber mit einem Inhalt, den ich ihm diktiere.«

Hier im Plüschdüster der Bar sah der Mann mit der Pfeife viel struppiger aus als am Tag; seine Haare waren wirre Büschel, die überall aus ihm herauswucherten; die Zähne schwarze Hauer; und er stank nach allem Rauch, den er jemals inhaliert hatte. Der Wirt kam hinter seiner Bar hervor und stellte ihm ein giftgelbes Getränk hin, auf dessen Glasrand eine Zitronenscheibe steckte. Ohne zu atmen, neigte er seinen Kopf in den Rauch und lächelte.

»Schreiben Sie«, sagte der Mann mit der Pfeife, »ich hätte mich mit unserm neuen Mitarbeiter über die Verbesserung des Betriebsklimas unterhalten; insbesondre hätte ich ihm dargelegt, weshalb keiner von uns genug zu tun hat, nämlich damit er – vor den andern und sich selbst – stets und immer so tun muß, als habe er genug zu tun, bis alle Selbstachtung im Eimer ist und er nie mehr aufmuckt.«

Der Wirt, der sich den Text auf einen Bierdeckel notiert hatte und nur zuweilen ein paar Schritte weggegangen war, um zu atmen, sagte: »Soll ich das wirklich schreiben?«

»Und schreiben Sie auch noch« – jetzt kam der Mann mit der Pfeife in Fahrt –, »ich hätte meinem Kollegen einen Witz erzählt: was der Unterschied zwischen Mut, Übermut und Schlagfertigkeit sei. Der Kollege habe gewiehert vor Jubel.«

»Den kenn ich«, sagte ich.

»Natürlich. Das ist der Witz des heutigen Tags. Die Intendanz regt an, daß die Mitarbeiter ihn sich erzählen. Das lindert die sozialen Spannungen.«

»Ich werde ihn gleich dem Koch erzählen«, sagte der Wirt.

»Tun Sie das mal«, sagte der Mann mit der Pfeife und gähnte.

»Mut ist«, sagte der Wirt, »wenn der Koch nackt in der Küche steht. Übermut ist, wenn er das Essen auch nackt in den Gastraum bringt. Schlagfertigkeit –«

»Na bestens«, sagte mein Nachbar und schob dem Wirt einen Geldschein hin. »Ich kenne die Witze der ganzen nächsten Woche. Ich mache sie seit Jahren im Auftrag des Herrn Intendanten.«

Der Wirt steckte seinen Schein, ohne ihn anzusehen, in die Tasche und ging hinter die Bar zurück, wo er sich erneut über das Papier beugte. Die beiden Gäste vor ihm saßen so unbewegt wie zuvor; nur die Whiskyflasche zwischen ihnen war jetzt leer.

»Damals kriegte der Abteilungsleiter seine Stelle ja überhaupt nur, weil er einen Film, der zeigte, wie wütende Arbeiter das Palais Schaumburg kaputtschmissen, so redigierte, daß einer der Arbeiter Bundespräsident wurde.« Der Mann mit der Pfeife trank einen heftigen Schluck seines Getränks. »Er machte Grillparties, zu denen Leute kamen, die Rudi Dutschke persönlich gekannt hatten. Dennoch sangen manche unter seinem Bürofenster aufständische Lieder.«

»Sie auch?«

»Ich bin unmusikalisch. Damals schrieb ich noch seine Drehbücher, das heißt, ich strich durch, was er geschrieben hatte. Ich schlief mit seinen ehemaligen Freundinnen. Ich war so sehr er, daß er mich zu hassen begann und mich entlassen wollte.«

»Und warum hat er es nicht getan?«

»Ich begann mich von ihm zu unterscheiden. Ich organisierte die Revolte gegen ihn. Er schlug sie nieder und hatte mich wieder gern.«

»Hm.«

»War das eine schöne Zeit. Wir entwarfen jeden Abend neue Papiere. Ich schlief mit Frauen, die ich mir selber gewählt hatte, oder sie mich.«

»Wunderschön.«

»Mein Hund bekam besseres Futter. Ich hatte damals einen, der meinte, er sei eine Katze; immer fing er Mäuse.« Er wischte sich eine Träne aus den Augen; seine Hände streichelten die Leine. »Zwei oder drei von uns sind sogar in die Gewerkschaft eingetreten.«

Ich nickte, weil er schwieg.

»Dann holte mein Chef die Polizei. Du kennst das ja. Entschuldigen Sie, ich wollte Sie nicht duzen.«

Er sog heftig an der Pfeife, schaute hinein und klopfte allen Tabak in einen Aschenbecher. Während er sie neu stopfte, spielte das Tonband zum dritten Mal eine Melodie, deren Titel mir nicht einfiel. Der Wirt kam und brachte die Rechnung. Ich bezahlte und gab ihm ein großes Trinkgeld, und er blieb stehen und atmete heroisch und flüsterte endlich: »Und wie geht der Witz von morgen?«

»Ein Dichter«, sagte der Mann mit der Pfeife ohne zu zögern, »der einen Schäferhund an einer Leine hält, wird, weil der ihn mit Jupp Derwall verwechselt, von

Ernst Huberty in der Sportschau interviewt. Ich schreibe Gedichte, sagt der Dichter zum sprachlosen Huberty, und der Schäferhund beißt ihn. Ja, was jetzt?! brüllt Huberty. Gerade eben haben Sie noch behauptet, nach Auschwitz habe es keine Schäferhunde mehr gegeben.«

»Fertig?« Der Wirt stand mit offenem Mund da.

»Fertig.«

Vor dem Lokal gaben wir uns die Hand. Während wir noch etwas ratlos nebeneinander standen, erloschen dessen Lichter, rote Lampengirlanden und ein Budweiser-Schild. Die Melodien von eben vor mich hinsummend, ging ich dann lange Zeit einer dunklen U-Bahn-Baustelle entlang, zwischen Bretterzäunen, Hämmern, die in den Himmel ragten, und haushohen Sägen neben gefällten Alleebäumen. Das vergitterte Gelände der Amerikaner war mit grellen Scheinwerfern beleuchtet; vor einer Schranke ging ein Soldat auf und ab. Etwas weiter – der Zaun zwischen uns surrte – saßen Kinder in Spielzeuguniformen im Schatten eines Hauses und stachen sich Nadeln in die Arme. Genau hinter der Kanzel des Fernsehturms stand ein riesiger Mond, als ich die herausgerissenen Klingeldrähte sortierte, um herauszufinden, welcher der Benjamins war. Dann drückte ich lange auf alle Knöpfe. Der Summer entriegelte die Tür, und ich ging durch ein Treppenhaus voller Bierbüchsen zu Benjamins Wohnungstür, die in dem Augenblick, als ich die Klinke drücken wollte, aufging; Benjamin stand da, in einer Unterhose. Ich hatte das Gefühl, er dampfe, jedenfalls, er sprach sehr laut. »Wie war denn Ihr Arbeitstag?« schrie er.

»Spitze«, sagte ich. »Dort geh ich nie mehr hin.«

Benjamins Brust war über und über von dichten Haarbüscheln bedeckt. Über seine Schultern hinweg sah ich, daß im Korridor kleine Schuhe mit violetten Schleifen lagen. Musik kam aus einem der Zimmer. »Nie mehr«, sagte ich.

»Es macht Ihnen doch nichts aus, einen Augenblick lang in der Küche zu bleiben?« Er schob die Schuhe mit einem Fuß hinter einen Schirmständer, legte eine Hand auf meinen Rücken und schubste mich vor den Kühlschrank.

»Aber ganz und gar nicht. Ich verbringe sowieso die meisten Nächte in Küchentischen.«

»Sie entschuldigen mich.« Er ließ mich los, schloß die Tür und verriegelte sie, und ich hörte, wie er durch den Korridor wegging. Ohne Licht zu machen, setzte ich mich auf den Tisch und sah in den vom Fernsehturm geteilten Mond. Lange dachte ich, daß es Leute gibt, die kein Außen brauchen. Nur sich. Seufzend stand ich nochmals auf und holte ein Bier aus dem Kühlschrank, das heißt, da war keins, und setzte mich wieder ins Mondlicht. Maler malen in ihren Köpfen ganze Kapellen aus ohne einen Pinselstrich, für Gläubige, die einem Gekreuzigten zu Füßen liegen, der ihr eigenes Gesicht trägt. Oder sind das solche, die so stark sind, daß sie von sich absehen können? Sich selber ein unbefragtes Orakel, andern ein Glas? Während ich das dachte, oder ähnliches, sah ich einem Schwarzen in roten Leuchtfarbenhosen zu, der neben einem Hund im Kegel eines Scheinwerfers stand, drüben im Amerikanergehege, und einen Teller aus Plastic in die Nacht hineinwarf. Dieser verschwand in einer eleganten Segelbahn, hinter ihm der Hund. Nach kürzester Zeit – sicher erwischte der Hund den Teller im Flug – waren beide wieder da. Der Herr warf den Teller erneut; und während Hund und Teller von der Nacht weggeschluckt blieben, stand er da, als lausche er; seine Muskelberge waren naß und glänzten. Ich schluckte meinen Speichel. Dann sprang ich vom Tisch herunter, ging auf Zehenspitzen zur Tür und preßte mein Ohr dagegen. Hörte ich, falls ich etwas hörte, das Zittern von Liebenden? So kauerte ich – einmal sah ich durchs Schlüsselloch, und vor meinen Augen stand eine Bierflasche –, bis meine Wadenmuskeln sich verkrampften und ich zum Tisch zurückhüpfen mußte. Ich massierte das Bein. Noch immer rannte draußen der Hund. Es regnete jetzt, und der Schwarze troff. Ich sah ihm noch eine Weile zu, dann wuchtete ich den Tisch um, legte mich hinein und starrte zur Decke hinauf, auf die Lichter, die darüber liefen, wenn draußen ein Auto vorbeifuhr. Und plötzlich schrie ich, in Indien gebe es einen Liebesheiligen, der gar nie gelebt habe, einen Fabelgott, mit dessen Hilfe dennoch jede Inderin noch heute bewegungslose Wellen über sich zusammenschlagen lassen könne; sie sei ihnen hilflos ausgeliefert, bis ein letzter Brecher sie an einem neuen Strand zurücklasse; nie mehr sei sie dann die gleiche, und ohne daß sie ein Wort sagen müsse, spüre ihr Mann, oder eben auch nicht, daß auch er ein neuer werden müsse, um dem entsetzlichen Heiligen die Stirn zu bieten; so gelangten die Inder von Ufer zu Ufer – immer sei der Heilige eines voraus –, bis dann der Heilige nicht mehr fliehe, sondern sie hinter einem letzten Fluß in die Arme schließe; das sei das Alter. Ich seufzte in den Himmel hinauf; ich konnte nicht einschlafen. Alle Dichtwerke, murmelte ich noch, werden von Schlaflosen verfaßt, von wem denn sonst? Später schreckte ich aus einem unruhigen Traum auf. Hinter der Milchglasscheibe der Küchentür huschten im beleuchteten Korridor Schatten hin und her, und Stimmen wisperten. Ich saß bolzsteif im Tisch und hörte ein Rauschen im Hirn. Endlich klappte die Wohnungstür zu, die der Küche ging auf, Benjamin steckte seinen Kopf hinein und sagte: »Was brüllen Sie denn so herum?«

»Manchmal spreche ich im Schlaf«, stotterte ich.

»Sie wecken Tote. Kommen Sie.«

Ich ging hinter ihm drein ins Zimmer, wo sich Benjamin, ohne noch ein Wort zu sagen, auf die zerknautschten Laken eines breiten Bettes legte und einschlief. Ich stand stumm vor einer Staffelei, auf der die Madonna stand, die Rosa aufs Haar glich, dic eine Hälfte in leuchtenden Ölfarben, die andere mit einer

Patina aus uralten Zeiten. Es roch nach Lack. Nach einer Weile legte ich mich neben Benjamin und sah lange auf das Mondlicht auf einer Wand, das vom Schattenbalken des Fernsehturms geteilt wurde. Mit einem Sprung stand ich nochmals auf, ging in den Korridor und trank die Bierflasche leer. Dann legte ich mich ins Bett zurück und schlief ein neben einem atemlosen Benjamin.

Am nächsten Morgen drückte die Sonne schon früh allen Dampf des Himmels in die Straßen hinab; ich war lange vor Benjamin aufgestanden, ins Freie hinausgerannt, den U-Bahn-Geleisen entlang bis zum Grüneburgweg, wo ich schwitzend vor der Werkstatt auf und ab ging und zu den Fenstern im ersten Stock hinaufsah, hinter denen sich kein Hauch rührte. Hie und da grüßte ich Bekannte von früher. Einmal glaubte ich einen Hund bellen zu hören. Das Schaufenster spiegelte, aber plötzlich erkannte ich dennoch die Mütze des Manns dahinter, so eine, wie sie Nordseefischer tragen. Einmal trat er unter die Tür, reckte die Arme wie einer, der in Unschuld geruht hat, und gähnte; er hatte ein junges rundes rotes Gesicht mit einem blonden Schnurrbart. Kunden kamen und gingen. Später verschwand sein spiegelnder Schatten im Treppenhaus. Sofort stand ich im Laden drin, die Klingel über der Tür hatte ich mit der Hand zum Schweigen gebracht. Alles war wie früher. Auf dem Arbeitstisch lagen Mikrotransistoren und Nieten, und auf einem Hocker stand ein Fernseher, der das Testbild von Hessen 3 zeigte. Es roch nach Lötblei. Bei der Tür hing wie früher ein alter Kalender mit einer nackten Frau drauf, einer vom Januar 1951; nie hatte mein Vater danach eine schönere gefunden. Ich sah in ein auseinandergebautes Gerät, aus dem die Drähte wie Igelborsten starrten; riß ein paar davon heraus und zertrat eine Birne. Dazu horchte ich durchs Treppenhaus, und als ich alles still fand, still wie an einem Ostersonntag, stieg ich schnell nach oben. Ich atmete wie ein Dieb. Oben: der Lehnstuhl, das Sofa, der Tisch, sogar dieselben Blumen in der alten Vase, die immer noch auf dem Wachstuchheft stand. Nur der Fernseher war ein neuer. Ich stand bewegungslos in der Mitte des Zimmers, gespannt horchend zuerst, dann immer mehr in dämmrige Sackgassen meiner Erinnerung verloren, in denen es schließlich, ganz fern in mir drin, darum ging, daß ich ein Zuckerhut war und im Klo steckte und langsam davongeschwemmt wurde. Ich öffnete den Mund zu dem Schrei, mit dem ich vor Jahrzehnten wirklich aufgeschreckt war; da ging die Tür auf, und der Mann aus der Werkstatt stand, mit einem Revolver in der Hand, vor mir und rief: »Was tun Sie hier?« Hinter ihm kam der Hund aus der Tür herausgeschossen.

»Faß«, rief der Mann.

Ich herzte und küßte den Hund wie noch nie. Wir tollten am Boden herum und wälzten uns jaulend, und über uns stand der Mann und starrte auf uns herab.

»Ich habe hier gewohnt«, sagte ich schließlich und rappelte mich auf.

»Das kann jeder sagen«, antwortete der Mann. »Das ist Hausfriedensbruch.« Er hatte den Revolver auf den Tisch gelegt, einen Lötkolben, und hielt den Telefonhörer in der Hand. Der Zeigefinger seiner andern Hand steckte in der Wählscheibe.

»Hören Sie«, sagte ich und nahm das Wachstuchheft unter der Blumenvase hervor. »Ich kann Ihnen jede Seite beschreiben, ohne sie vorher anzuschauen.« Das Heft war naß und voller Abdrücke des Vasenfußes. Eine Ecke war umgeknickt.

»Ich auch«, brüllte der Mann, warf, glühend in einem plötzlichen Zorn, den Hörer auf die Gabel zurück und kam auf mich zu. Sein Schnurrbart bebte. Ich wich langsam zurück. Der Hund sah zwischen uns hin und her.

»Tränen und Unglück«, rief er. »Schrecken und Einsamkeit. Ich träume nachts von dem Zeug.«

»Aber warum? Warum nur?«

Wir waren oben an der Treppe angekommen, standen Nase an Nase schnaufend voreinander, und ich weiß nicht, tat ich einen Schritt nach hinten oder er einen nach vorn, plötzlich lag ich zwischen Kabeln und Kartons am Fuß der Treppe, und hoch oben stand er, das Wachstuchheft schwingend wie eine Gesetzestafel, und als er heruntergestürzt kam, sprang ich auf und rannte zur Tür hinaus und kam erst auf der andern Straßenseite zum Stehen. Fauchend erschien der Mann unter der Tür und schleuderte das Heft über ein vorbeifahrendes Auto hinweg gegen die Hausmauer hinter mir. Von da fiel es in meine Arme. Da stand ich dann – die Seiten rutschten einzeln aus dem Deckel – und sah und hörte, wie der Mann in der Werkstatt herumtobte, Fernseher an die Wand warf und Ersatzlampen zertrat. Rief jemand? Einmal nur ging die Tür auf, und der Hund kam herausgeschossen, sprang über die Straße und setzte sich neben mich. Zu zweit sahen wir auf den rasenden Schatten hinter dem Fensterglas; ein dumpfes Getobe; hie und da blieb jemand neben uns stehen und ging dann kopfschüttelnd weiter, und einmal machte ein verstörter Kunde unter der Tür rechtsumkehrt. Als alles still war, trotteten wir davon, Hund und Herr, nach Hause.

Zu Hause gab ich dem Hund alles, was im Kühlschrank war. Quark und Senfgurken. Während er schmatzte, saß ich auf dem Küchentisch und blätterte in den zerfledderten Seiten des Wachstuchhefts. Sofort konnte ich mich an alles erinnern wie an einen alten Stromschlag. Am Anfang war früher Morgen; eine tiefrote Farbstiftsonne ging über Lianen und Farnen auf; wenn da eine Grenze war, dann gab es weder ein Zollamt noch Beamte; Urtiere krochen durch Schlämme, und Echsen mit Riesenflügeln flogen in kühlen Lüften; Schlangen; Schnecken; irgendwo dann noch zwei Menschen, unter riesigen grünen Blättern, ein Mann und eine Frau; die Eisenbahnlinie begann gleich auf der ersten Seite an einem rostigen Prellbock, und von nun an führte sie von Seite zu Seite durch Tunnels, die mit einer Rasierklinge sorgfältig aus dem Papier geschnitten waren; und als die Sonne höher stand, ratterten von Dampfloks gezogene Waggons mit drei Klassen – Samt, Holz, Stein – an immer mehr Menschen vorbei, Ochsen nun auch, die Holzpflüge durch Äcker zogen, vorbei an goldgelben Getreidefeldern und Schmetterlingen, die durch die Hitze taumelten; die ersten E-Loks fuhren schon durch rote Kastanienwälder und reife Trauben, über denen Wespen surrten; die Sonne stand schräg über sanftblauen Hügeln am Horizont, die Dörfer waren groß, mit Temperafarben gemalt, und hatten Fußballplätze mit Tribünen; im hintersten Teil des Hefts wurde es Abend; kalter Regen fiel über Städte, Hagel; überall rannten Menschen mit Schirmen; die Eisenbahnlinie war hier doppelspurig, Schnelltriebzüge kreuzten sich auf ihr; auf vielen Hochhausdächern saßen Kinder und erklärten sich die Sternbilder, die Andromeda und den Großen Bären, zwischen dessen Sternen ein Tuscheklecks war; auf den allerletzten Seiten, die ich erst kürzlich gemalt hatte, war es beinah dunkel, und es schneite; Bäume und Häuser waren in Öl gemalt, mit langen Schatten wie von Segantini; die Heftseiten waren, der dicken Farbe wegen, schwer wie Bretter, und die Tunnels waren wirkliche Durchbrüche; nur fuhr die Bahn zwischen Lawinenverbauungen und Stützmauern;

Berge links und rechts; ein See; die Bahnhöfe waren Blockhütten, unter deren Türen Beamte mit Fellhüten standen und eisklirrende Züge mit schnellen Handbewegungen abfertigten, bevor sie wieder an ihre Öfen zurückhuschten; die Sonne war so fern, daß sie einem andern Planeten zuzugehören schien; auf der letzten Seite stand, kaum mehr zu erkennen, eine Zollstation, tatsächlich waren da auch Beamte, versunken in einsame Beschäftigungen; neben einem Schneehaufen hockte eine Frau, die etwas zu rufen schien. Ich legte mein Ohr auf das Heft, aber es blieb stumm. Ein Gletscher. In einem kurzen Schwindel schloß ich die Augen, und als ich sie wieder öffnete, war die Frau nicht mehr an derselben Stelle, sondern zwischen Bäumen, deren Äste Eisbärte trugen; immer noch rief sie; es schneite. Um mich auf die Erde zurückzubringen, sah ich zu den Amerikanern hinüber, auf Frauen, die mit Lockenwicklern in den Haaren auf den Türschwellen der Häuser saßen und miteinander plauderten. Kinder rannten zwischen ihnen hin und her und erschlugen sich. Zuweilen gab eine der Frauen, ohne aufzusehen, einem der Kinder einen Klaps. »Na«, sagte ich zum Hund, der sich in ein Paket Zwieback verbissen hatte. »Das ist doch besser als durch Schnee gehen, durch Sand.« Dann ging ich in Benjamins Zimmer hinüber, nahm eine Tube Deckweiß und einen Pinsel von der Staffelei, ging in die Küche zurück und malte die letzte Seite mit einem immer dichteren Schneesturm zu, bis, unter einem weißen Nachthimmel, nur noch Schatten durch das Unwetter tappten. Dann schrieb ich mit demselben Deckweiß – dem Pinsel hatte ich alle Haare bis auf eins ausgerissen – in den Schnee eine Geschichte von einer von Gott oder dem Teufel verlassenen Landschaft, einem hitzeglühenden Tal aus Sand, an dessen Felsrampen kümmerliche Reben wuchsen. Ich bewegte die Zunge zwischen den Lippen, während ich schrieb, einen Buchstaben nach dem andern, so klein, daß ein Satz auf einer Schneeflocke Platz hatte.

»Was tun Sie denn da?« sagte so plötzlich Benjamin von der Tür aus, daß ich mein letztes Wort verschmierte. Er hatte einen Koffer in der Hand und trug auf dem Kopf eine Mütze, so wie sie Chauffeure benutzten, als die Autos noch keine Dächer hatten.

»Ich fülle meinen Himmel mit einer tröstlichen Geschichte«, sagte ich. »Verreisen Sie?«

»Aha.« Er war hinter mich getreten und blätterte stumm in den Seiten herum. »Aha. Und wer ist das da?« Er meinte den Hund.

»Er ist uns zugelaufen«, sagte ich.

Er sah ihn eine Weile lang nachdenklich an – sah er ihn überhaupt? –, nickte dann und ging, ohne noch ein Wort zu sagen, zur Tür hinaus. Wohin wollte er? Ich wartete, bis seine Schritte im Treppenhaus verklungen waren, dann schrieb ich weiter. Am nassen Weiß über dem trockenen sah ich, wo ich stehengeblieben war. Im Talgrund schrieb ich, im Sand dieses Talgrunds lagen Skelette von Karawanentieren;

unter den Felshängen kauerten Häuser, in den Stein hineingetrieben wie Stollen; nackte Bauernköpfe lugten aus ihnen; hie und da huschte ein Weiblein in eine Kapelle; sonnverbrannte Männer hingen an Seilen in den Weinbergen und stutzten Reben; an ihnen vorbei stürzten von Gipfeln Steinböcke und zerschellten zwischen den vom Wind zugewehten Schädeln der Lasttiere.

»Das wird eine Spitzenstory«, sagte ich zum Hund, der inzwischen aufs Fensterbrett gesprungen war und ins Amerikanergehege hinübersah. »Mindestens Hundert Jahre Einsamkeit oder Ben Hur.«

In dieses Tal kam, von weit her, ein Mann, in einem Burnus vielleicht, von Genua oder von noch viel weiter, jedenfalls bebten seinen Enkeln noch die Sinne, wenn sie das Foto eines Minaretts sahen; als er das Tal betrat, waren die Trauben klein und grün, dennoch geriet er, obwohl er ausschritt wie ein Satan, am Talende in die Weinlese und blieb; auf den glühenden Felsen hockten überall Menschen und sangen alte Lieder, die von den Weinlesern auf der andern Talseite mit archaischen Melodien beantwortet wurden; das Tal sang; der Mann im Burnus war ein kühner Seefahrer gewesen, hier aber schütteten die Berge das Tal mit Steinen oder Schnee zu; nie grub jemand die Opfer der Dämonen aus, ihre Speise; nach dem ersten Arbeitstag wankte der Mann in die erstbeste Hütte, wo er gegen eine Frau stieß, die er im Dunkeln nicht sehen konnte; nach einiger Zeit begannen sie sich zu lieben; so ging das jahrelang; sie zeugten zwölf Töchter und Söhne, und dann traten sie ans Tageslicht und sahen, daß sie jung und schön und ernst waren; von nun an sangen auch sie sich Balladen von Weinberg zu Weinberg zu, in denen von einem heidnischen Prinzen und der Jungfrau Maria die Rede war; in einer Version – diese sang die Frau – wurde der Prinz von Marias Herrlichkeit so überwältigt, daß er demütig ein Leben in ihrem Glanz verbrachte; in der Fassung, die der Mann vorzog, gab sich die Jungfrau in einer nicht mehr beherrschbaren Raserei dem Fremden unter einem Ölbaum hin; beide durften nicht davon sprechen, denn Marias Reinheit hielt das Tal zusammen; ihre Töchter und Söhne gerieten im Sommer unter die Steine und im Winter in Lawinen.

Langsam blätterte ich die Seite um und blickte auf die Innenseite des Deckels, auf ein Gittermuster. Dann schloß ich das Heft. Ich seufzte und ging zum Hund, der immer noch zum Fenster hinaussah. »Ein jeder hat ein Thema, von dem er besessen ist«, sagte ich. »Jeder Hund. Jeder Mensch.« Zusammen sahen wir zu, wie zwei Soldaten versuchten, eine Flagge auf halber Höhe eines Masts zu befestigen; wahrscheinlich war ein General gestorben, der einst in Korea oder Vietnam sein Leben riskiert hatte; aber jetzt rutschte die Fahne ständig nach unten. »Der eine«, sagte ich, »denkt ausschließlich daran, daß er sterben muß. Der nächste, daß ihn ein Gefühl für Frauen zerreißt. Der dritte, daß die Reichen böse sind. Meine

Besessenheit« – ich schaute, ob der Hund mir zuhörte – »ist die Reinheit der Berge, obwohl ich lieber in der Unreinheit der Städte lebe; aber kaum je bin ich mir darüber im klaren.«

Der Hund sprang vom Fensterbrett und verschwand im Korridor. Die Soldaten draußen hatten die Flagge am Mast festgenagelt. Ich dachte, daß schon mein Vater am liebsten Bergfilme gesehen hatte, asiatische, einmal einen, wie ihn sonst nur das Kabelfernsehen der Bergklöster Tibets zeigt. Wir sahen ihn gemeinsam in einer Silvesternacht, in der wir ineinanderverschlungene Bleimännchen gegossen und uns Glück gewünscht hatten. Der Film war meiner Geschichte von eben sehr ähnlich. Er hatte merkwürdig unnatürliche Farben und war in allen Rollen mit Tibetanern besetzt, obwohl er in einem Europa spielte, das in den Studios von Hongkong simuliert worden war. Die Schauspieler, die für die Realisierung dieses Epos der Freiheit eine einmalige Ausreisegenehmigung erhalten hatten, hatten sich die Augen rund gemalt; wie in meiner Geschichte kam der Held auch aus einem Land mit Wüsten und Moscheen, diesmal auf einer Galeere; Napoleon hatte ihn darauf gefangengesetzt, weil er, hinter einer Sanddüne hervor, auf den General gezielt und sein Kamel getroffen hatte.

Die Galeere jedenfalls zersplitterte dann unter den Ruderschlägen des Helden und seiner Freunde, so daß diese mit den angeketteten Ruderbänken an den Beinen ans nächste Ufer schwimmen konnten; dieses war die Küste von Genua, das ganz aus gelben kubischen Hütten unter einem violetten Himmel bestand; sie wanderten zwischen blühenden Mandelbäumen über Hügel und Hügel, eine lange Kolonne bärtiger Männer mit einer Kette von einem Bein zum andern und Ruderbänken unter den Armen; tagsüber verbargen sie sich hinter den Mandeln, nachts rasselten sie vorwärts, begleitet von fernem Hundegebell, bis ins Königreich Piemont, wo sie es wagten, zu einem Schmied zu gehen, der sie trennte; sie blieben zusammen und brieten Fasane, die sie fingen, indem sie sich in Schilfraine warfen.

Später, immer mehr Freunde waren an den Galgen der lombardischen Hügel hängengeblieben, baute der Mann in einem verborgenen Tal, das dem von mir ausgedachten glich, ein Haus unter einem Fels; er trug viermal so viele Hutten zur Weinpresse wie die andern Männer; bald schlichen, wenn das Tal schlief, die Frauen zu ihm wie Katzenschatten und gingen wie Erinnerungen an Fledermäuse; es war die Zeit, in der ein Mann seine Frau tötete, wenn er sie an der Seite eines anderen sah; andrerseits lagen in Maiensässen alle gemeinsam, um nicht zu erfrieren, und oft bewegte sich ein Mann im Rücken einer Frau so langsam wie der aufgehende Mond, und die Explosion, die beide endlich erfüllte, war so verzögert, daß sie das Stadel nicht zerfetzte, sondern beben ließ bis zum Morgengrauen; die andern Schläfer stöhnten auf im Traum; oft wußten die Männer am Morgen nicht, wer die Frau gewesen war; denn zuweilen besuchte im Schutz der Nacht die Reinste den Wildesten und verschwand wieder.

Eine Frau blieb dann bei dem Mann; sie war so leise gekommen, daß er sie erst hörte, als sie über ihn sank; er schloß die Augen, beide schlossen sie, und als sie sie wieder öffneten, leuchtete die Sonne, und sie erkannten sich und heulten und brüllten; aber kein Mann kam angestürzt und erschlug sie; sie blieben zusammen bis zum Tod; das wußte man aus Liedern, die napoleonische Soldaten sangen; im Film wurden sie von Angehörigen der tibetanischen Armee dargestellt und gingen immer aneinandergeklumpt in der Mitte des Tals; dennoch steckten ständig Pfeile in dem oder jenem, in die Hieroglyphen geschnitzt waren, deren Bedeutung in tibetanischen Untertiteln erläutert war; in seinem Haus drin trieb der Mann inzwischen einen Stollen in den Berg; er wollte Gold finden oder auf der andern Seite herauskommen, und das tat er auch, in einem Mooskeller, aus dem eine Tür in eine goldene Wiese führte, durch die ein Bach glitzerte; vielleicht aber war dieser Teil des Films nur ein Hirngespinst des Manns, denn später floh er über Bergwege, die sich unter seinen Schritten in schartige Täler verwandelten; seine Besessenheit, es Napoleon zu zeigen, hatte sich nicht erfüllt; dagegen saß er gegen sein Lebensende oft auf einer Steinbank und spielte Mundharmonika, und seine Frau tanzte dazu mit dem jüngsten Kind im Arm, während die größeren Töchter und Söhne mit Armbrüsten in Baumwipfeln saßen; als alle Eroberer tot waren, hatte der Film ganz natürliche Farben angenommen; das sei in tibetanischen Filmen so, hatte mein Vater gesagt; je ungerechter der beschriebene Zustand, desto falscher seien die Farben; Filme mit Doris Day liefen im tibetanischen Kabelfernsehen stets schwarzweiß.

Ein Schlüssel drehte sich im Schloß der Wohnungstür. Ich legte das Heft so schnell auf den Tisch, daß die meisten Seiten herausfielen und über den Steinplattenboden davonrutschten. Der Hund rannte hinter ihnen drein. Unter der Tür stand eine Frau, die, der ich geholfen hatte, Zigaretten aus dem Automaten zu holen. Auch jetzt rauchte sie wieder, aber sie sah bleicher aus als in der Nacht. Sie lächelte und sagte: »Ist Benjamin da?«

»Er ist weggegangen«, antwortete ich. »Er hatte einen Koffer in der Hand und eine Mütze auf dem Kopf.« Ich sprang vom Tisch herab und riß dem Hund eins der Blätter aus dem Maul; eine rote Draisine in einem Getreidefeld, aus dem Krähen aufflogen.

»Er hat mir einen Hunderter aus der Handtasche genommen.« Sie stand jetzt neben mir am Küchentisch und blätterte, ohne hineinzusehen, im Heft. »Damit kommt er bis in die Berge, aber nicht zurück.« Ich nahm ihr das Heft aus der Hand – sie bemerkte es nicht – und legte es zusammen mit den Blättern vom Fußboden unter die Brottrommel. Der

Hund kaute an einem Stück Sommerhimmel; seine Zunge färbte sich blau.

»Sie sind in einen Dieb verliebt«, sagte ich.

»Wir.« Sie zündete sich eine neue Zigarette an. »Ich heiße Clara.«

Über meinen Namen wunderte sie sich ein bißchen, aber als ich ihr sagte, mein Vater sei in Kairo zur Welt gekommen, nickte sie zweimal und sah mich mit ernsten Augen an. Dann saßen wir nebeneinander auf dem Küchentisch, den Hund zwischen uns, und sahen in den beginnenden Abend hinaus, auf Tiefnebelschwaden, die zwischen den Häusern hervorgekrochen kamen und sich langsam über den Rasen wälzten, auf dem uniformierte Männer Schäferhunde abrichteten, bis nur noch ihre Brüllmäuler über den Wolken schwebten und hie und da, einem Befehl gehorchend, ein Hund aus dem Nichts emporgeschossen kam. Wir lachten, wenn das geschah. Weiter hinten färbte sich der Fernsehturm in einem roten Abendlicht. In der Küche wurde es immer dämmriger, und während ich redete, sah ich Clara zuweilen mit einem schnellen Blick von der Seite an. Sie hatte ein bißchen ein Fliehkinn und sog so heftig an ihrer Zigarette, daß sich die Glut wie ein Brand durch den Tabak fraß. Ich redete viel; behauptete zum Beispiel, alle Russen seien verkleidete Amerikaner, die nun überall in irgendwelchen asiatischen Alpenländern einmarschierten, um uns psychologisch darauf vorzubereiten, daß sie eines Tages völlig unverkleidet in

Mexiko oder Panama auftauchen würden; und ähnliches Zeug. Schauen Sie, rief ich, mein Vater rauchte wie Sie, er qualmte so hemmungslos in seine Fernseher hinein, daß noch Monate später die Schauspieler orientierungslos hinter der Mattscheibe herumtappten. *Mein* Vater, sagte Clara und schwieg sofort wieder. Ich sah sie kaum mehr, aber nun hörte ich, daß ihre Zunge zuweilen beim Sprechen an den Zähnen anstieß.

Als es ganz dunkel geworden war, standen wir auf und fuhren mit der U-Bahn in die Bahnhofsgegend, wo wir in einem griechischen Lokal aßen, unter einem grellen Neonlicht, hinter einer riesigen Schaufensterscheibe. Draußen huschten Schemen vorbei, und einmal zerklirrte direkt vor uns eine Bierflasche auf dem Trottoir. Bald war uns das alles egal. Wir tranken viel Wein, einen Retsina, und später kam der Wirt an unsern Tisch und spendierte uns einen Cognac und entschuldigte sich für eine Auseinandersetzung, von der wir nichts bemerkt hatten. Aber jetzt sahen auch wir erregte Männer überall im Lokal. Ja, lachte der Wirt, die Politik.

Noch später tanzten die Kontrahenten mit Stühlen in den Händen, mit zarten kleinen Schritten.

Irgendwann in der Nacht fanden wir uns in einem andern Lokal irgendwo im Nordend wieder, das so voll und laut war, daß wir uns unsere Geheimnisse zubrüllten. Der Wein, den wir jetzt tranken, war sehr süß. Jeder in dem Lokal strotzte vor Jugend; auch die

Sechzigjährigen, wenn sie vom Klo zurückkamen, scherzten im Vorbeigehen mit jungen Frauen mit Korkenzieherlocken. An einem Tisch war ein großes Geschrei, weil jemand Geburtstag hatte, oder alle gleichzeitig; und die, die mit uns am gleichen Tisch saßen, würfelten. Plötzlich allerdings waren wir die letzten Gäste in einem leeren stillen Raum, in dem nur noch der Wirt, der wie ein Bub aussah, hinter der Theke Groschen zu Türmen aufschichtete. Wir bezahlten. Auf dem Heimweg – der Nebel hatte einem Sternenhimmel Platz gemacht, durch den Schnuppen sausten – verschwand Clara einmal plötzlich in der Drehtür eines Hotels, und ich hinter ihr drein, und als ich in der Empfangshalle vor einer strengen Dame mit hohen blonden Haaren stand, sah ich, daß Clara gleich wieder nach draußen gegangen war und durch die Glasscheibe Grimassen schnitt. Ich murmelte etwas und ging schamübergossen zu ihr zurück. Eng umschlungen schwankten wir weiter. Clara wohnte in einem dunklen großen Reihenhaus unterm Dach, in einer Wohngemeinschaft, von der ich nichts sah außer vielen grünen Parkas, die überall über Stuhllehnen lagen oder an Haken hingen. In Claras Zimmer stand ein schmales ungemachtes Bett. Sofort waren wir wieder auf der Straße unten – Clara hatte sich eine dicke Wolljacke angezogen – und in einem Taxi drin, dessen Fahrer ich fragte, ob er ein Hotel kenne, das zu dieser Nachtzeit noch Gäste annehme. Er sprach eine Weile mit seiner Zentrale und fuhr uns dann in einen dunklen Hinterhof, wo er lange in eine unbeleuchtete Gegensprechanlage hineinsprach; dann winkte er uns; wir bezahlten und gingen ein von hoch oben her beleuchtetes Treppenhaus hinauf, an dessen Ende ein verschlafener Mann mit einer grünen Gärtnerschürze stand und sofort, ohne ein Wort zu sagen, durch lichtlose Korridore vor uns herging, um eine Ecke nach der andern, und schließlich eine Tür öffnete, durch die wir tatsächlich in einem richtigen Hotelzimmer mit einem Bett und einem Waschbecken landeten. Die erste Helligkeit drang durch die zugezogenen Vorhänge. Wir zogen uns aus und setzten uns nebeneinander aufs Bett, ohne uns zu berühren, und Clara begann zu weinen und erzählte von ihrem Vater, wie er mit ihr gewesen sei, er habe mit ihr geschlafen, und seither sei ihr alles möglich und nichts, und während sie ins Kissen hineinschluchzte, streichelte ich ihre Haare, und einmal dämmerte ich ein und träumte, ich sei ein Müller und sitze auf einer Holzbrücke und schaue in ein Wasser, das mir winkte. Als ich aufschreckte, stand Clara neben dem Bett und zog sich an. Sie lächelte mich mit roten Augen und bebenden Lippen an. Ich stürzte mich in meine Kleider, und wir gingen dieselben Korridore zurück und in den Hinterhof hinaus, in den jetzt eine kühle Morgensonne schien, und auf der Straße wußten weder Clara noch ich, wo wir waren. Aufs Geratewohl gingen wir an Wäschereien und Pizzerias vorbei, wie in einer Stadt in Amerika oder Australien, bis wir an einer Straßenecke den Bahnhof sahen. Clara umklammerte meinen Arm und preßte ihr Gesicht gegen meine Schulter, ich legte einen Arm um sie, und jeder durfte sehen, was für eine Nacht wir zusammen gehabt hatten. Im Bahnhof stellten wir uns an einen der hohen Tische in der Halle und tranken wie alle um uns herum Bier aus Litergläsern. Clara erzählte mir, sie habe ein Kind, das bei seiner Oma lebe, die sie nie habe haben wollen, weil das Geschäft wichtiger gewesen sei. Irgend etwas mache sie falsch, irgendwas. Ich nickte und legte meine Hand auf ihre, auf kleine steife Finger, die nicht ruhig bleiben konnten. Dann hob ich den Kopf – ich glaube, ich wollte etwas über Kinder sagen – und sah mir gegenüber Frau Meier stehen, ihren runzligen Kopf, der, in eine Kapuze gehüllt, über die Tischplatte ragte. In einer Hand hielt sie ein halbvolles Glas, das sie, als unsre Blicke sich trafen, austrank.

»Frau Meier«, rief ich und ließ Clara los. »Was tun Sie hier?«

»Ich suche jemanden«, sagte sie, stellte das Glas auf den Tisch und wischte sich mit dem Handrücken über den Mund. »Den da.« Sie ließ das Foto, das ich schon in ihrem Bergiglu gesehen hatte, aus einer Falte ihres Ärmels hervorschießen: sie, ein kleiner Junge, das Haus, in dessen Gemäuer der Bach verschwand: »Kennen Sie ihn?«

»Nein.«

»Benjamin«, sagte Clara.

»So hieß er«, sagte Frau Meier und sah Clara an. »So heißt er.« Sie ging mit ihrem leeren Glas zur Theke, die so hoch oben war, daß der Wirt nur das Bierglas sehen konnte; ohne mit der Wimper zu zucken, füllte er es und stellte es ins Nichts zurück. Frau Meier trug eine schwarze Lodenkutte.

»Das ist Frau Meier«, sagte ich zu Clara, während wir zusahen, wie diese mit kurzen Sprüngen eiligen Reisenden auswich. »Sie hätte beinahe Hitler erschossen.« Frau Meier, wieder am Tisch, schüttete einen großen Schluck in Claras leeres Glas. Beide Frauen lächelten und tranken. Ich trank auch und lächelte.

»Woher kennen Sie Benjamin?« sagte Frau Meier zu Clara, sprach aber gleich weiter. »Mein Fehler war, daß ich ohne ihn wegging. Aber es war ein schrecklicher Schneesturm. Ich drehte mich kein einziges Mal um. In mir war kein Gefühl. Erst Jahre später kam es und ist nie wieder gegangen. Noch ein Bier?« Und ohne eine Antwort abzuwarten, sauste sie erneut zur Theke, das Glas erhoben wie die Fackel der Freiheitsstatue.

Inzwischen herrschte unter dem Glasdach der Bahnhofshalle eine Treibhaushitze. Um uns herum drängten sich Reisende und Trinker in nassen Hemden. Nur Frau Meier blieb eingemummt und ohne einen Schweißtropfen.

»Ich war sein erstes Wort«, sagte sie, als sie zurück war.

Wieder verstummte sie, und ich sah, daß das neue

Glas wieder leer war. Diesmal sammelte ich unsere Gläser ein und brachte sie zur Theke. Ich mußte lange warten, weil vor mir zwei junge Männer in Eintracht-Frankfurt-Leibchen und mit Fahrradketten an den Gürteln mit dem Wirt diskutierten, ob sie eine Curry-Wurst wollten oder nicht. Als ich zu den Tischen zurückkam, sprachen Frau Meier und Clara wie alte Freundinnen miteinander. »Schlafen Sie mit ihm«, rief Frau Meier gerade sehr laut, um den Lärm eines einfahrenden Intercity zu übertönen. »Aber heiraten Sie ihn nie.« Sie riß mir ein Glas aus den Händen und trank wie eine Verdurstende. Clara nickte, ein bißchen rot geworden.

»Wie sind Sie denn hergekommen?« sagte ich.

»Mit der Bahn. Dachten Sie, zu Fuß?« Ich schüttelte den Kopf, ich wollte sie fragen, wieso sie an jenem Morgen so plötzlich verschwunden war, und wohin, aber sie sah mich mit ihren Dolchaugen an und sagte: »Wissen Sie was? Er hat den Polizisten ein Moped gestohlen. Ein Moped! Der Analphabet!«

»Ein Moped?«

»Er meint, die Schrift, die er in seinem Hirn innen liest, sei eine Verheißung; sie ist ein Menetekel.«

»Ein was?«

»Sie hätten die Polizisten sehen sollen. Die wurden um Jahrzehnte jünger. Es dauerte keine Stunde, und der Fall war geklärt.«

»Wie?«

»Er und das Moped steckten in einem Schacht

hinter dem Keller des Hauses. Benjamin schrie, als ihn die Polizisten an den Füßen herauszogen, hier gehe es nach Süden, jetzt habe er ihn gefunden, den Weg nach Süden; unklar, wozu er da ein Moped brauchte.«

»Und dann?« Clara und ich hörten ihr mit offenen Mündern zu.

»Naja. Nicht viel. Die Polizisten hatten ja ihr Moped wieder. Sie rieten Benjamin, möglichst schnell zu verschwinden. Merkwürdig war nur, daß Benjamin . . .«

Der Rest des Satzes blieb ihr im Hals stecken. Denn zwischen den Reisenden, die vom Intercity herkamen, ging dieser Benjamin, ohne seine Mütze und ohne Koffer, dafür mit einem dicken Föhrenast, den er wie einen Spazierstock schwang. Frau Meier schaute auf das Foto, dann auf ihn, dann wieder auf das Foto. Ihre Lippen zitterten. Als Benjamin uns sah, schwenkte er seinen Stock über dem Kopf und kam an unsern Tisch. »Halloo«, rief er und gab Clara einen flüchtigen Kuß. »Nett, daß ihr mich abholen kommt.«

»Wie war die Reise?« sagte ich.

»Danke. Alles bestens.«

»Sag mal, wie stellst du dir das vor«, sagte Clara. »Mir einfach hundert Mark stehlen. Und womit hast du deine Rückreise bezahlt?«

»Wieso?« Benjamin nahm Claras Bierglas und trank es aus. »Er hat mir doch auch hundert Mark geliehen.« Er deutete mit dem Daumen auf mich. »Er ist mein bester Freund.« Ich faßte nach meiner Brieftasche und ließ sie gleich wieder los. Frau Meier sah Benjamin unverwandt an. Das würde mir nicht passieren, dachte ich, mir nicht. Ich würde ihre Nähe spüren und in ihre Arme stürzen.

»Darf ich bekannt machen?« sagte ich zu Benjamin. »Frau Meier.«

Benjamin, der gerade Claras Nase zwischen Zeige- und Mittelfinger geklemmt hielt und sie umdrehte, wandte sich Frau Meier zu und rief: »Ich kannte einmal eine Frau Meier. Wer tut das nicht?« Er lachte so laut, daß der Schaum meines Biers davonstob. Aber Claras Nase ließ er los. Er schwitzte; ganze Bäche rannen ihm über Stirn und Wange, die voller weißer Flecke waren. Er sah aufgedunsen und unausgeschlafen aus.

»Wie machten Sie das damals«, sagte ich viel zu laut zu Frau Meier. »Wegzugehen durch den Schnee, ohne eine Spur zu hinterlassen.«

»Niemand suchte mich.« Auch sie sprach laut und sah Benjamin an, als könne er sich jeden Augenblick in das Kind von einst zurückverwandeln. Dieses Kind, falls es da war, verbarg sich hinter fetten Wangen, einem Schnurrbart und angeschwollenen Tränensäcken unter den Augen. Eine Weile lang sahen sich beide stumm an. Frau Meier hielt sich mit beiden Händen an der Tischplatte fest. Dann schüttelte sie den Kopf und flüsterte etwas, was ich nicht verstand.

»Ja?« sagte ich und schob mein Ohr näher.

Wieder murmelte sie etwas.

»Das ist ein Freund von mir«, rief Benjamin und patschte mit der flachen Hand in eine Bierpfütze auf dem Tisch. »Stänkern Sie einen andern an, wenn Sies nicht lassen können. In den Bergen, da wo er herkommt, leben nur Wahnsinnige.« Dann lachte er wieder, und als er sah, daß Clara völlig ernst blieb, gab er ihr einen heftigen Puff gegen die Schulter. Clara stieß gegen den Tisch, und ihr Glas kippte um.

»Wir hatten schon einmal die Ehre«, sagte Frau Meier und lächelte. Sie stand wieder sicher auf den Beinen und stellte ihr Glas, nachdem sie daraus getrunken hatte, wie eine Vogelfeder ab. Sie sah Benjamin an, der mit einem glasigen Blick vor sich hinstierte und hie und da den Kopf hob, um etwas zu Clara zu sagen, was er dann doch nicht sagte. »Früher wollte ich das Ziel kennen«, sagte sie. »Aber es ist weise eingerichtet, daß die Alten verschwinden, bevor sie das Ende der Jungen sehen. Prost.« Sie stieß ihr Glas gegen das Benjamins, der aufschreckte und »Mensch Meier« rief. Beide tranken. Sie lachten jetzt, und je mehr sie tranken und lachten, desto mehr glichen sie sich. Die weißen Flecken in Benjamins Gesicht wurden rot, und Frau Meier, die ausgesehen hatte wie hundert, wurde mehr und mehr ein junges Mädchen. Ich sprang zur Theke und holte uns allen ein neues Bier. Nun stießen wir zu viert an.

»Kennen wir uns nicht von irgendwoher?« rief Benjamin und haute Frau Meier quer über den Tisch auf die Schultern.

»Nicht daß ich wüßte«, sagte diese.

Benjamin wollte sein Bierglas abstellen, aber er traf den Tisch nicht, und es zerklirrte am Boden. Alle drehten sich nach uns um. Er stocherte mit den Schuhen in den Scherben herum, wieder grau im Gesicht, brüllte plötzlich etwas und schwankte in einem erstaunlichen Tempo durch die Halle davon, zwischen den Reisenden hindurch, ohne einen einzigen anzustoßen. Frau Meier stand da und sah ihm nach. Clara stieß einen kleinen Schrei aus und flatterte hinter ihm drein. Sofort war sie verschwunden. Ich rannte zwei, drei Schritte mit, blieb stehen, als ich sie nicht mehr sah, und als ich mich umwandte, ging Frau Meier mit ruhigen, aber schnellen Schritten auf die Bahnsteige zu, eine winzige schwarze Kutte mit einem Hebammenkoffer in der einen, Benjamins Ast in der andern Hand. Sie sah aus wie ein Hirte. Gleich darauf verschwand sie hinter einem Elektromobil mit unzähligen Anhängern, auf denen Koffer aufgestapelt waren. Ich rannte dann mehrmals einem TEE entlang, der nach Mailand fahren sollte, und hüpfte an allen Fenstern hoch, um zu sehen, ob sie irgendwo kauerte. Plötzlich sah ich den Ast an einen jener Aufzüge gelehnt, die Gepäck und Waren in die Katakomben des Bahnhofs fahren. Nach langen Minuten erst ging die Tür auf, und ein dicker Mann schob einen Wagen heraus, auf dem ein Colaautomat stand. Inzwischen war auch der TEE abgefahren. Da gab ich es auf und rannte quer durch die Stadt bis vor Benjamins Haus, wo ich – keuchend und mit Seitenstechen – keine zwei Minuten hinter einem schütteren Zierbusch kauerte, als auch schon ein Taxi hielt, aus dem Benjamin und Clara stiegen. Clara, bleich und schön. Sie bezahlte, und beide gingen ins Haus. Ich starrte zu den Fenstern hinauf, hinter denen bald eine Hand – ich glaube, es waren kleine Finger – die Vorhänge zuzog. Ein nackter Arm. Am Küchenfenster bellte der Hund. Ich drohte ihm mit der Faust, sah noch eine Weile lang zu den Vorhängen hinauf und rannte dann hinter einem Jogger drein, der gerade vorbeitrabte, und in seinem Sog an der Wache der Amerikaner vorbei und quer über das Grasgelände. Unter einem großen Baum blieb ich stehen – das Seitenstechen war wieder da – und sah zwei schwarzen Jungen zu, die sich Messer zwischen die Füße warfen. Dort steckten sie dann mit zitternden Griffen, und keiner schob einen Schuh zur Seite. Immer wieder rannten Männer und Frauen mit T-Shirts ferner Universitäten an mir vorbei. Später schlenderte ich zwischen Familien mit Picknickkörben herum, die, wenn sie Gabel oder Messer vergessen hatten, die Kinder in die Wohnungen gleich nebenan schickten; dann durch eine leere Kantine, in der Frauen in einer Küche jenseits einer blitzenden Chromtheke herumhantierten; und dann durch einen Supermarkt, wo aus unsichtbaren Lautsprechern Bing Crosby ein Weihnachtslied sang, obwohl draußen die Sommersonne brannte. Einmal auch steckte ich den Kopf in eine neonbeleuchtete

Halle hinein, in der Männer in gebügelten Uniformen vor Schalttafeln und Bildschirmen mit blinkenden Punkten saßen; eine Atomeinsatzzentrale oder auch nicht; niemand kümmerte sich um mich. So ging ich schließlich über die braune Rasenfläche zurück und verließ das eingegitterte Areal, ohne daß mich der Wachsoldat eines Blickes würdigte, überquerte die Straße und stieg – der Vorhang war offen – in die Wohnung hinauf, wo Benjamin in Jeans und mit nacktem Oberkörper auf dem Boden saß und die Seiten meines Wachstuchhefts einrahmte. Er hatte das ganze Heft auseinandergenommen und die meisten Blätter schon fertig. Da standen sie der Wand entlang. Er legte gerade ein Glas über jene Seite, auf dem sein und mein Haus von damals zu sehen war; glitzernd verschwand der Bach in der Steinmauer des Anbaus, und die Wappen und Inschriften des Haupthauses waren jetzt deutlicher zu sehen als vormals in der Nacht – auf dem Bild schneite es ein bißchen vor einer tiefstehenden Sonne –, so daß ich mich über das Glas beugte und zu lesen versuchte, was, mit einem winzigen Pinsel, auf die Hausfront gemalt stand. Etwas wie, die Dinge fügten sich schon ineinander, wenn die Faust des Herrn sie genügend quetsche. Vorne liefen die Geleise der Eisenbahn. Durch die beiden Tunnellöcher schien der graue Karton der Rückwand.

»Was tun Sie da?« rief ich. »Das ist *mein* Land.«

»Ich habe eine Galerie an der Hand«, sagte Benjamin, ohne mit dem Schneiden des Glases aufzuhören.

»Damit machen wir ein Heidengeld. Wer hat das gemalt?«

»Ich.«

»Sie?« Er starrte mich an. »Das geht nicht. Von Ihnen sind die nicht.«

»Und wie«, rief ich, »sollen die Leute nun von einem Blatt zum andern gelangen?« Dann stand ich einfach da, gelähmt von einer plötzlichen Erschöpfung, und sah zu, wie die Abendsonne rote Funken über die Bilder sprühte. Benjamin arbeitete indessen am nächsten Bild, dem mit dem Schneesturm. »Mit Wörtern«, sagte er über seine Schultern hinweg, »könnte man so einen Himmel nicht beschreiben. Herrlich. Tausend Mark sind da glatt drin.«

Ich nickte, ich hätte jetzt zu allem genickt, setzte mich auf die zerwühlten Laken von Benjamins Bett, glotzte eine Weile noch auf mein der Wand entlangstehendes Land, auf das spiegelnde Abendlicht, kippte dann nach hinten und schlief ein. Ich träumte, Benjamin tobe mit einem der Bilder, dem mit dem Heimathaus, durch die Wohnung und zerschlage es an Kästen und Tischen; später schreckte ich auf – draußen war es dunkel; Wind rüttelte am Fenster – und glaubte zu spüren, daß Clara sich wie eine Wolke in mich senkte, stumm und zart, und wir verflossen ineinander; man hätte uns, ineinandervermischt, in Gläser abfüllen können; lange lagen wir bewegungslos da und atmeten nicht, in einer Welt ohne Zeit; dann begann ich meine Haut zu spüren und das Laken unter mir, und dann löste Clara sich von mir, beugte sich, ein anderer Atem schon, noch einmal über mich und verschwand. Ich lag hellwach da und lauschte und sah zu, wie sich die Widerscheine von vorbeifahrenden Autos in den Gläsern der Bilder spiegelten. Keine Minute später setzte ein gewaltiger Lärm in der Wohnung ein, das Licht im Korridor ging an, die Tür rumpelte auf, und Benjamin stand vor meinem Bett. »He, Mann, auf, kommen Sie.« Ich zog schnell das Leintuch über mich.

»Was ist los?«

»Sie sind doch mein Freund?« Er stand schnaubend über mir, in Hut und Mantel, und sah mich mit stechenden Augen an. Ich nickte heftig – noch nie war ich so nackt gewesen wie jetzt –, und während ich mich dann anzog, stand Clara in ein Frotteetuch gehüllt draußen im Korridor, mit dem Hund zwischen den bloßen Füßen, und sah mich an mit einem Blick, den ich nicht deuten konnte. Benjamin rumorte im Zimmer herum, stopfte eine Zange und Draht in eine Sakkotasche, stieß gegen den Stiel eines Hammers, der vom Fensterbrett fiel und das Glas eines der Bilder zertrümmerte, bückte sich fluchend unters Bett und zerrte das Bild hervor, das gestern noch auf der Staffelei gestanden hatte und nun über und über alt war, voller Patina und Staub, in schweres angegrautes Gold gerahmt. Er wickelte es in das Leintuch, das er mir aus der Hand riß, bevor ich meine Hose zugeknöpft hatte. Dann stolperte ich hinter ihm drein, an

Clara vorbei, die einen warmen Geruch ausströmte und meinen panischen Blick mit einem kleinen Lächeln beantwortete, die Treppe hinunter auf die Straße, auf der ein Wind Wolken über einen klaren Sternenhimmel jagte. Das Leintuch um das Bild knatterte. Benjamin blieb vor einem Auto stehen, sah nach links und rechts, und murmelte: »Sie können doch Auto fahren?«

»Ja.«

Er schob mich hinters Steuer – es war ein Amerikanerwagen mit einem flugfeldgroßen Kühler –, und während ich an verschiedenen Knöpfen herumdrehte und mit dem Hebel der Automatik herumfuhrwerkte, hatte er die Motorhaube geöffnet, und plötzlich brannten die Lichter am Armaturenbrett, und der Motor lief. Er warf die Haube zu, setzte sich neben mich auf eine Polsterbank, auf der ein dritter mühelos Platz gefunden hätte, sagte »los, los» und schwieg dann, während ich, ruckelnd zuerst, dann immer sicherer, durch leere Straßen fuhr, über denen Straßenlampen schwankten. Er dirigierte mich auf die Autobahn nach Wiesbaden; schon auf dem Zubringer steuerte ich locker mit einer Hand und schaltete, als Benjamins steinernes Gesicht nicht weicher werden wollte, das Radio ein, den AFN, in dem eine rauhe Stimme vom Weg nach Westen sang. Ich erinnerte mich, daß manche Ostflüchtlinge der Neuen Welt einen Ziegelstein aufs Gaspedal legten bis vor die Tore von San Francisco; unser Süden, dachte ich, ist denen ihr Westen. Ich sang mit. Manchmal trieb mich der Wind auf die andere Fahrspur. Bald fuhren wir an den Brandfackeln der Farbwerke vorbei, an orange beleuchteten Kuppeln und Röhren, die aussahen wie ein Weltraumbahnhof. Die Straße war völlig leer, nur einmal überholte uns ein Polizeiauto mit Blaulicht und verschwand wie ein Geschoß am Horizont. Wir nahmen die Abfahrt nach Königstein. Dort irrten wir ziemlich lange zwischen dunklen Villen herum, auf kleinen steilen Straßen, und leuchteten doppelbreite Garagentore oder makellos weiße Mauern ab, aus denen Glassplitter ragten. Endlich stoppte mich Benjamin vor einem Portal aus polierten Backsteinen, hinter dem, während wir nach einer Klingel tasteten, Büsche und Bäume rauschten. Der Wind trieb uns Blumendüfte ins Gesicht. Ferne Käuzchen riefen. Benjamin murmelte etwas in eine Gegensprechanlage, durch die ein Hund bellte, und sogleich öffnete ein Summer das Tor. Wir gingen über einen sanft ansteigenden Plattenweg, dessen Stufen von zwischen Gebüschen und Steinen versteckten Strahlern erleuchtet waren, das heißt, diese erloschen, nachdem wir die ersten Schritte gemacht hatten, und wir tappten im Dunkeln auf ein flaches schwarzes Haus zu, zwischen zirpenden Zikaden und einem Rasensprenger, der sich irgendwo in einem unendlichen Rasen drehte. Unter der Haustür war alles pechschwarz; aber eine ganz nahe Stimme sagte »Nanana« und »Astor, laß mal«, und ein Schatten, der mir bis zur Brust reichte, schoß hechelnd um uns herum, während wir in die Dunkelheit hineinstolperten und eine Tür hinter uns ins Schloß fiel. Ein Licht ging an, und vor uns stand der Abteilungsleiter vom Fernsehen in einem roten Morgenmantel und mit Pantoffeln an den nackten Füßen. Er lächelte und wurde sofort wieder ernst und ging durch eine Halle davon, deren Steinboden so glänzte, daß sich die Statuetten von Nymphen und Epheben, die überall herumstanden, darin spiegelten; der Hund, eine Dogge, sauste hin und her, rutschte in den Kurven aus und krachte gegen die Wände. Ich hielt mich dicht hinter Benjamin, wie sein Schatten, auch als wir in einem Salon standen, der von Horizont zu Horizont ging und über dessen Fensterfront eine sanft surrende Automatik weiße Lamellenstoren herabfaltete. Eine Lampe, deren Hals sich nach oben wand wie eine Python, beleuchtete die Decke. Am Boden Perserteppiche, einer neben dem andern. Auch hier Polster aus weißem Leder, Glastische, ein Zeitschriftenhalter aus Messing, in dem, zwischen zerlesenen Tageszeitungen, *Lui* und *Nature* steckten. Leere geweißte Wände; nur neben der Tür hing ein Kalender, der ein Getreidefeld unter Gewitterwolken zeigte. Über einem runden Eßtisch aus weißem Lack hing da, wo ich einen Leuchter erwartet hätte, ein Vogelbauer mit zentimeterkleinen Papageien drin, die auf den Ästen eines Plasticbaums schliefen. Der Abteilungsleiter lehnte sich gegen einen großen metallenen Schrank, sah Benjamin an und sagte: »Jetzt bin ich aber mal gespannt.«

Benjamin machte einen Schritt nach vorn, schlug das Tuch zurück und übergab ihm das Bild, feierlich, so wie ein Papst dem andern die Gebeine des Herrn übergäbe. Der Abteilungsleiter nahm es mit beiden Händen am Goldrahmen, starrte darauf und sagte mit bebenden Lippen nur immer wieder »Jajaja«. Ohne den Blick abzuwenden, bog er den Hals der Lampe so, daß sie das Bild beleuchtete. Dazu sank er in die Knie, stöhnte auf, schloß für einen Augenblick die Augen, und als er sie wieder offen hatte, waren sie ganz nahe über den Haaren des gemalten Engels. »Was ist das?« rief er, und der Kopf Benjamins und meiner schossen zu ihm herunter. Ein paar Locken leuchteten hell und ohne Patina. »Mit der Zeit«, sagte Benjamin sehr ruhig, »zersetzen sich manche dieser alten Farben und beginnen zu leuchten.« Der Abteilungsleiter nickte und versank erneut in den Anblick der Offenbarung. Benjamin wischte sich mit dem Sakkoärmel über die Stirn, ging auf Zehenspitzen zu einem Glastisch mit Rädern, in dessen Vertiefungen Flaschen standen, goß sich einen Whisky in ein Glas, trank und füllte, als der Abteilungsleiter einen Arm in seine Richtung ausstreckte, ein zweites und klemmte es zwischen die suchenden Finger. Auch der Abteilungsleiter trank; als habe ihn der Alkohol zur Besinnung gebracht, stellte er das Glas mit einer entschiedenen Bewegung auf den Metallschrank, bediente schnell und sicher dessen Zahlenkombination, öffnete die Tür – das Innere war beleuchtet und voller Bilder –, schob die neue Beute hinein und schloß wieder ab. Aus einer der Taschen des Morgenmantels holte er ein Paket Banknoten hervor und zählte sie Benjamin in die Hand, zehn Stück, und sofort gingen beide, als müßten sie sich vor einander schämen, mit schnellen Schritten durch den Korridor zur Tür; im Gehen stopfte Benjamin das Geld in eine Sakkotasche. Ich rannte hinter ihm drein und hörte in meinem Rücken die Dogge bellen. In der Halle donnerte sie an mir vorbei und stellte sich neben den Abteilungsleiter. Dieser löschte das Licht, öffnete die Ausgangstür, und wir traten in den Nachtwind hinaus, der die Gebüsche schüttelte und das Wasser des Rasensprengers bis zu uns hin trieb. Schweigend standen wir, ohne uns zu sehen; ganz fern, jenseits der Schatten der Bäume des Gartens, leuchtete, wie der Milchstraßenwirbel, der Schein der Stadt. Dann gingen Benjamin und ich den unbeleuchteten Plattenweg hinunter, zwischen Zikaden, die jetzt noch lauter waren als zuvor. Als ich mich beim Gartentor umwandte, sah ich weit oben eine aufglimmende Zigarette, und ein Schatten jagte geräuschlos über den Rasen. Erst jetzt fiel mir auf, daß ich keinen Fernsehapparat gesehen hatte; aber vielleicht hatte der Abteilungsleiter ein Fernsehzimmer, oder er stellte zuweilen eines seiner Bilder in den hohlen Rahmen eines Grundig, und das genügte ihm.

Ich ließ den Wagen, ohne den Motor anzulassen, ein paar hundert Meter die steile Straße hinabrollen und fuhr in der ersten Kurve in ein Haselnußgesträuch hinein, weil die Lenkradverriegelung eingerastet war. Es krachte ziemlich; aber nirgendwo ging ein Licht an. Nicht einmal ein Hund bellte. Nur das Rascheln der Haselnußblätter auf dem Autodach. Wir gingen zu Fuß weiter, durch die Gassen Königsteins, zwischen stillen Fachwerkhäusern. Benjamin fing plötzlich an zu lachen. Er kicherte noch in sich hinein, als wir längst in einem Taxi saßen und den Weg zurückfuhren, den wir gekommen waren, so daß der Fahrer, ein Jüngling ohne Haare, mitlachte als kenne er den Witz. Irgendwo mußte es eine Katastrophe gegeben haben, jedenfalls fuhren auf der Gegenfahrbahn unzählige Rettungs- und Feuerwehrfahrzeuge mit blinkenden Blaulichtern; aber die Farbwerke leuchteten wie immer. In der Kaiserstraße dirigierte Benjamin den Jüngling an den Straßenrand und stieg so schnell aus, daß ich bezahlen mußte, fünfzig Mark, für die ich mir eine Quittung geben ließ, die ich wegwarf, als wir den funkelnden Nachtbars und duftenden Quick-food-Lokalen entlangschlenderten.

»Und jetzt feiern wir mal tüchtig«, rief Benjamin und haute mich auf die Schultern. »Sie sind schließlich mein bester Freund.« Er stürzte zu einer nach der Straße offenen Theke, kaufte eine Tüte Pommes frites und stopfte sie sich in den Mund. Seine Wangen blähten sich. Mampfend ging er ein paar Stufen zu einer Peep-show hinauf – ich hintendrein –, warf dem Mann an der Kasse einen Tausendmarkschein hin und sagte: »Wechseln.« Der Mann, ein älterer Herr mit einer randlosen Brille, sah zu ihm hinauf, dann zählte er ohne Eile tausend Markstücke auf den Tisch, die Benjamin in den Taschen seines Anzugs verteilte. Bevor er in einer der Kabinen verschwand, gab er mir eine Handvoll Münzen und sagte: »Sie auch, gell.« Ich stand da, sah auf das Geld, auf die Kabinentüren, auf den Mann an der Kasse, der, obwohl zwischen Bierkästen sitzend, eher wie ein Professor für tote Sprachen aussah, setzte mich dann auf die oberste Stufe und stellte mir vor, was Benjamin sah; durch diese Fata Morgana hindurch – rosa Nebel – wurden Männer mit vom Wind geblähten Sakkos an Frauen vorbeigetrieben, denen der Sturm in die Röcke fuhr. Hie und da blieb einer stehen und sprach mit einer von ihnen; aber nie ging sie dann mit ihm. Autos fuhren im Schrittempo vorbei; aus einer Spielhalle gegenüber blinkten Automaten, und Städte explodierten, wenn ein Atomschlag sie getroffen hatte. Dann und wann stieg ein Mann an mir vorbei und verschwand in einer Kabine. Nie eine Frau. Man müßte, dachte ich, die Welt umstülpen; die Schwarzen tränken dann Bier am Ammersee, und an den Ufern des Nils schufteten hagere Bauern in Krachledernen.

Nach einer Weile kam der Kassier hinter seinen Bierkästen hervor, stellte sich neben mich – ich sah auf seine Beine – und sagte: »Schlechter Tag heute. Zu viel Wind.«

»Aha«, sagte ich.

»Sagen Sie, Ihr Freund, will der sein ganzes Geld heute abend durchlassen?«

»Nein«, sagte ich. »Zehn Mark hat er mir gegeben.«

Der Mann seufzte, ging zu seiner Kasse und kam mit zwei Flaschen Bier zurück, von denen er mir eine gab. »Zweifünfzig«, sagte er.

Ich gab ihm drei Mark, nahm den Flaschenöffner, der an einer Schnur an seinem Gürtel baumelte, hob die Kapsel ab und trank. Der Mann setzte sich ebenfalls auf die Stufe, an ihr anderes Ende, öffnete seine Flasche und setzte sie an den Mund. Dann sagte er: »Das wird aber dauern.«

»Sechzehn Stunden«, sagte ich.

Er nickte. »Das Problem ist«, sagte er dann und rutschte auf dem Hintern der Treppenstufe entlang bis neben mich. »Wir haben heute noch einen Kindergeburtstag, da, schauen Sie, das ist meine Kleine.« Er hielt mir ein Foto eines Kinds unter die Nase, eines etwa zweijährigen Mädchens, das mit einem ernsten Gesicht in einem Kinderstühlchen saß. Er hatte die Tasche voller Fotos und zeigte mir eines nach dem andern. Das Kind. Einen Dackel vor einem Schrebergartenhäuschen. Eine junge Frau an einem Waldrand. Ich sah mir alle Bilder an und lächelte, gegen meinen Willen, dem Mann in einer Aufwallung von Zärtlichkeit zu.

»Zehn Mark«, sagte er.

»Bitte?«

»Zehn Mark, und sie gehören Ihnen.«

»Wofür halten Sie mich?« Ich spürte, daß ich wütend wurde. »Wenn ich zehn Mark ausgebe, dann für Fickfotos.« Ich warf die Fotos so heftig vor seine Füße, daß sie über die Stufen davonrutschten.

Er sammelte sie ohne Eile ein. »Von Ihrer Sorte«, sagte er, als er wieder saß, »hatten wir in den Sechzigerjahren viele. Inzwischen sind die Leute scharf auf Bilder wie die da. Ein liebes Kind. Eine treue Frau. Ein Haus voller Blumen. Wer hat das schon.«

»Aber«, ich wies mit dem Daumen nach hinten, »da drin zeigen Sie doch keine Maiglöckchen.«

»Da drin ist meine Frau«, sagte er. »Ich mache die Kasse. Mehr ist nicht drin.«

Ich gab ihm mein Geld – sieben Mark – und er mir die Fotos, die ich, ohne sie nochmals anzusehen, in eine Tasche schob. Dann schauten wir schweigend auf die Straße, auf die jetzt ein Platzregen niederstürzte, der jedermann in Hausgänge und Lokale trieb. Mehrere Männer retteten sich in die Kabinen hinter uns, und ein paar blieben in unserm Rücken stehen und kommentierten den Regenguß. Das Wasser klatschte auf die Straße, und wenn ein Auto vorbeifuhr, spritzte es unsere Hosen naß.

Plötzlich stand Benjamin neben mir. Er war so betrunken – der Kassier sah erst ihn an, dann seine Biervorräte, dann schüttelte er den Kopf –, daß ich ihn stützen mußte, das heißt, er flog mit vorgebeugtem Oberkörper in den Regen hinaus, ich hinter ihm drein, unter ihn, und so schleppten wir uns, klatschnaß schon nach wenigen Metern, durch immer dunklere Straßen, von einem Trottoir zum andern taumelnd, denn er war so schwer, daß die geringste Verlagerung seines Körpergewichts mich zu rasenden Schritten zur Seite zwang. Dazu schrie er mir eine Geschichte in die Ohren, von der ich nur verstand, daß die Kabinen auch auf der andern Seite Türen hätten. Die Frau da drin sei super. Mein lieber Mann. Jetzt habe er natürlich keinen Pfennig mehr, aber es habe sich gelohnt. Ob ich sie gesehen hätte, beide, oder ob da mein Geld schon alle gewesen sei? »Ich hätte dir zwanzig Mark geben sollen, dreißig. Fünfzig.« Tränen liefen über seine Wangen, als wir zu Hause ankamen; wir hinterließen eine nasse Spur die Treppe hinauf bis vors Bett, in dem wir, ineinanderverklumpt, sofort einschliefen. Ich träumte, ich stünde in einer von Horizont zu Horizont dürren Steppe, eine sengende Sonne über mir und ringsum Skelette, Schlangen, Skorpione, und plötzlich schwebe Benjamin vom Himmel hernieder, und Wasser schösse aus ihm und rettete den Kontinent; Benjamin trug einen phosphoreszierenden Anzug und eine goldene Krawatte; Ureinwohner umtanzten ihn, schwarze Frauen mit wippenden Brüsten; alle wälzten sich im immer höheren Wasser.

Am nächsten Abend – den Tag über lag ich im Bett neben Benjamin, der im Schlaf so um sich schlug, daß die Nähte seines Sakkos aufrissen – wurde die

Ausstellung der Bilder meines Lands eröffnet. Ich trug einen Anzug Benjamins, einen grauen mit Nadelstreifen, der, obwohl ich Beine und Ärmel hochgekrempelt hatte, überall an mir herumschwappte. Der Hosenhintern hing mir zwischen den Knien, und in den Schuhen rutschten meine Füße hin und her. Aber die Krawatte, eine leuchtend rote, hatte ich mit einem schwungvollen Knoten umgebunden. Wegen unsrer nassen Nacht nieste ich ununterbrochen, sah alles wie durch Glas und hörte nichts. In allen meinen Taschen steckten feuchte Taschentücher. Als ich in der Galerie ankam – sie wurde von einer Werbeagentur betrieben und stand gegenüber einer düsteren Synagoge –, sah ich als ersten, gleich beim Eingang, Benjamin, der wieder in makellosem Weiß war und mich begrüßte, als sei ich ein exzentrischer Sammler; nur seine roten Augen erinnerten an gestern. Überall drängten sich Männer und Frauen vor den Bildern, die an langen Nylonfäden vor raumhohen Glasfenstern hingen. Ein hünengroßer Ober, ein Schwarzer mit vernarbten Schnitten in beiden Wangen, gab mir einen Plasticbecher, den ich sofort leertrank. Sekt. Wir lächelten uns an, ohne etwas zu sagen. Alle, zwischen denen ich eingekeilt war, bewegten die Lippen; und langsam begann ich ihre Gespräche zu hören. Es klang wie Bellen. Die Bilder hingen so, daß kein Landteil neben dem war, zu dem er gehörte; die Bewohner konnten nicht mehr zu einander; auf manchen Blättern standen sie an den Rahmenrändern und schauten in den

Abgrund; einmal klopfte ich an ein Glas und versuchte Laute jener Sprache zu formen, an die ich mich nicht mehr erinnerte; als ein Trupp Männer sich in einen Tunnel drängte, schüttelte ich den Kopf; und viele Deckgläser waren innen feucht von Tränen. In allen spiegelten sich die Rücken der Vernissagebesucher, und in einem – dem mit dem Schneesturm – Benjamin, der mir mit erhobenem Zeigefinger drohte. Ich wandte mich um. Er stand neben einer etwa hundertjährigen Frau, deren Hals, da er nicht mehr mit ihr sprach, langsam aus ihrem Körper herauskam; dafür verschwand der Buckel, der ihr Tüllkleid ausgebuchtet hatte. Benjamin rief etwas, was ich nicht verstand – irgend jemandem tue Kunst immer weh; ich nickte jedenfalls, so daß Benjamin sich wieder der Hundertjährigen zuwandte, deren Hals sofort wegzuckte wie der einer Schildkröte. Auch ich wandte jetzt den Bildern den Rücken zu. Sofort übrigens vergaß ich den Schneesturm hinter mir – wenigstens dieses Bild hatte ich retten wollen –, denn ich stand direkt vor Clara, die blaß und mit einem Strohhut in den Händen einem älteren Herrn zuhörte, der eine Schiffermütze trug und ein rundes rotes Gesicht hatte, das vor Begeisterung zu explodieren drohte. Auf ihrer Stirn stand Schweiß. Ich begann zu zittern – aus den Augenwinkeln sah ich Benjamins Hände, die mit Karateschlägen durch die Luft fuhren – und faßte nach Claras im Strohhut verkrampften Fingern. »Seit ewig wollte ich mit Ihnen sprechen«, stammelte ich.

Clara wandte mir den Kopf zu und sah mich an; eine Ertrunkene, die aus dem Mühlweiher blickt. Sie öffnete die Lippen und schloß sie wieder. Dann sagte sie: »Darf ich bekannt machen? Herr von Kolow. Herr –«

»Sie sind der Künstler«, rief Herr von Kolow wie elektrisiert und schüttelte meine Hand. Er drückte sie so stark, daß ich, um mich zu retten, seine Hand so quetschte, daß sein Kopf dunkelrot wurde.

»Aber nein«, sagte Clara. »Er ist ein Freund von Benjamin. Er arbeitet beim Fernsehen.«

»Ach so«, sagte Herr von Kolow. »Ich dachte, so, wie Sie aussehen.«

»Das ist das Klima hier«, sagte ich. Aber Herr von Kolow sprach wieder auf Clara ein, die ihren Kopf schräg geneigt hielt, so schräg, daß er zuweilen auf die Schulter kippte. Ich öffnete den Mund, aber keiner von beiden sah mich an. Sie sprachen von der Darstellbarkeit der Leidenschaft. Herr von Kolow sagte, Rot sei unbestritten die leidenschaftlichste Farbe, jedoch so belastet, daß Gelb noch leidenschaftlicher sei. Clara nickte. Während sie sprachen, schrieb ich auf die Rückseite eines alten Lottozettels, den ich in einer der Anzugtaschen gefunden hatte, ich hätte das Gefühl, Clara sei einstmals meine Schwester gewesen, und schob die Botschaft in die Höhlung ihres Hutes. Sie las sie – und sah dabei aus, als bete sie –, während Herr von Kolow rief, daß das Dilemma des Künstlers sei, daß er sich stets bewußt bleibe, daß alles schon gemalt sei, daß er aber gleichzeitig kühn das Neue schaffen müsse. Claras Gesicht war voller Flecken, und sie wandte mir ihre Tränenaugen zu.

»Oder meine Frau«, sagte ich, und Herr von Kolow verstummte. »Wieso nicht. In Asien ist jeder Mann *einer* Frau bestimmt; sie begegnen sich in allen ihren Leben; wird der Mann, seines ungefälligen Lebenswandels wegen, einmal nur eine Kröte oder eine Spinne, dann wird sie auch eine; die Götter sind Männer; die Göttinnen richten sich nach ihnen.«

»Was werde ich in meinem nächsten Leben?« sagte Clara.

»Eine Blaumeise. Aber ich fürchte, ich werde Sie zu den Lurchen herabreißen.«

»Genau«, rief Herr von Kolow und trank seinen Sektbecher leer. »Letztlich fehlt den Künstlern der Glaube. Man kann natürlich sagen, Fra Angelico, was für eine Einschränkung, immer nur Engel. Aber was für eine Kraft auch. Was für ein leidenschaftliches Blau.«

»Genau.« Ich wandte mich Herrn von Kolow zu. »Irgendwann gab es eine Urfrau, in deren Innern wir alle eng beieinander standen; später wurden wir einzeln geboren und waren die Menschheit.«

Claras Gesicht war durchsichtig geworden, etwas zwischen Festem und Luft; sie hielt den Strohhut, als sei er tonnenschwer, wandte sich von uns ab, ging durch die Menge, die ihr verstummend Platz machte, und verschwand zwischen dunklen Büschen, die draußen hinter einer niedern Betonmauer wuchsen. Nur ihre aufgerissenen Augen blieben zwischen den Blättern schweben.

»Eine Blaumeise ohne Flügel«, sagte Herr von Kolow, lachte und wandte sich einer andern Gruppe zu, die ihn sofort in ihr Gespräch aufnahm. Ich ging den glühenden Augen nach, ohne etwas anderes zu sehen. Stumm hockte ich dann zwischen den im Wind rauschenden Blättern, im dunkelsten Schatten, neben Clara, die im Erdreich zu versickern schien. Einmal legte ich meine Hand auf ihre, aber diese zuckte so heftig weg, daß ich meine zurückzog.

Gerade als sie dann doch etwas sehr Leises murmelte, hörten wir aus der Galerie einen Schrei und hoben beide die Köpfe. Vor einem der Bilder stand eine elegante Frau mit einem großen Hut und schrie und schrie. Sie deutete immer wieder auf das Bild, während ein Mann sie bei den Schultern gepackt hielt und auf sie einredete. Die ganze Galerie sah wie ein auswegloses Bild aus. »Die Verbindungen sind unterbrochen«, sagte ich. »Die Zwischenräume sind zu groß.« Wieder faßte ich nach Claras Hand; diesmal ließ sie sie in meiner, kalte steife naße Finger. Ihr Atem war ein trockenes Schluchzen; durch ihr Gesicht hindurch schien der Himmel, über den Wolken fegten; der Mond. In der Galerie waren alle Besucher in Bewegung geraten. Ein Mann hatte eines der Bilder, ein anderes, von der Wand gerissen und stampfte in den Scherben herum. Er schrie, als könne ihn das retten. Benjamin brüllte in ein Telefon hinein und umklammerte gleichzeitig ein Bild, an dem die Hundertjährige zerrte. Herr von Kolow hielt eines, ein gelbes, über dem Kopf erhoben wie eine Axt. Er tobte mit geschlossenen Augen herum, als sei etwas in ihm geborsten. Überall splitterte Glas. Benjamin kam aus der Galerie getaumelt – die Hundertjährige zerfetzte ihre Beute – und hockte sich auf die Betonmauer, ohne uns zu sehen. Sein breiter Rücken bebte direkt vor uns. Immer wenn ein Bild zerklirrte, stöhnte er auf. Ich, ich drückte wie ein Wahnsinniger Claras Körper an mich, einen Körper ohne Widerstand, und küßte ihr im nassen Laub liegendes Gesicht, die geschlossenen Augen, die Wangen, den Mund. Erst als Benjamin aufstöhnte wie nie zuvor, nach hinten sank und auf meinen Rücken zu liegen kam, wandte ich den Kopf und sagte: »Ist Ihnen nicht gut?« Er sah mich an wie einen, an den man sich nicht erinnert, schüttelte den Kopf, stand auf, ging in die Galerie zurück, die jetzt leer war, sammelte die am Boden liegenden Blätter ein, zerknüllte sie und stopfte sie in eine Mülltonne, die neben der Eingangstür stand. Scherben. Clara lag die ganze Zeit unbewegt in der Nässe und sah in den Himmel hinauf, in dem der Mond ihrem Gesicht immer mehr glich. Ich saß da und dachte an Rosa, die eine war, die die Leidenschaft gesund machte.

Ein Taxi fuhr vor, und Benjamin kam aus der Galerie, entschlossen und nüchtern, hob Clara hoch und zog sie mit sich; sie behielt die Augen zu und schien ohne Muskeln zu sein. Ihre Beine machten alle Schritte zu spät. Benjamin warf die Taxitür zu, und während Clara unsichtbar in den Hintersitzen davonfuhr, brummte er: »Andern geht es auch schlecht.« Ich war neben Benjamin getreten und sah wie er den Rücklichtern nach, bis sie hinterm Horizont verschwunden waren. Ich stand noch so, als Benjamin die Lichter der Galerie gelöscht hatte und auf dem Trottoir davonging, eine Bierbüchse vor sich hinkikkend, die gegen Autos und Mauern lärmte. Endlich war es ganz still. Der Wind roch, als komme er von weit her. Ich stand ohne eine Bewegung da und sah zu Sternlichtern hinauf, die vielleicht Botschaften in der Sprache der Ewigkeit waren. Ich dachte darüber nach, wer wem wohl was mitteilen wolle, auch als ich Schritte näherkommen hörte, und erst als ich eine Stimme hörte, bewegte ich den Kopf – sowieso tat mir der Nacken weh – und erkannte den Mann mit der Pfeife, die auch jetzt in seinem Mund qualmte, und auch diesmal trug er eine Hundeleine in der Hand.

»Sie haben mich erschreckt«, sagte er. »Sonst tue ich das, wenn ich irgendwo auftauche.«

»Die Bilder da drüben«, sagte ich, nur um etwas zu sagen, »haben die Besucher vernichtet, ich meine, umgekehrt.« Ich nieste, schneuzte mich und spürte, daß mich meine Nieren schmerzten, oder ein anderes Organ.

Der Mann mit der Pfeife sah zur Galerie hinüber. »Von Kunst verstehe ich nichts. Dafür weiß ich, daß ein Hund jeden Tag zehn Kilometer gehen muß.«

Die Leine baumelte an seinem Arm. »Aha.« Der Wind wirbelte einen Papierfetzen über den Asphalt, einen Teil eines Bilds, die Ecke eines Hauses, ein bißchen Wiese und einen verschmierten Bach. Eine Weile lang torkelte das Papier vor meinen Füßen herum, dann segelte es die Straße hinab wie ein Schiff, das sich wieder des Wegs zum Meer erinnert.

»Meinen Sie, ich weiß nicht, daß da kein Hund ist?« sagte der Mann und sog so heftig an seiner Pfeife, daß sein Kopf im Rauch verschwand. Ich hörte ihn husten. Aber das Gewölk um sein Haupt verzog sich nicht, so daß ich schließlich davonging, weniger schnell und geräuschvoller, als ich wollte, denn meine Füße rutschten in den viel zu großen Schuhen hin und her. Als ich mich am Ende der Straße – da war kein Meer – nochmals umwandte, stand der Mann ohne Hund noch immer an derselben Stelle. Seine Hand winkte aus dem Rauch heraus. Ich winkte zurück.

Stunden später, nachdem ich alle möglichen Umwege gegangen war, stand ich vor Claras Haus, in dieser stillen Straße, durch deren Vorgärten Katzen schlichen, und hörte den Atem der Schläfer durch die offenen Fenster. Ganz fern fuhren Autos auf dem Cityring. Der Mond sprang über den Himmel. Ich wurde immer tauber, und endlich stieß ich die Haustür auf und schlich das lichtlose Treppenhaus hinauf bis unters Dach, wo die Wohnungstür offenstand und die Mitglieder der Wohngemeinschaft bewegungslos vor Claras Zimmer standen. Ich erschrak entsetzlich. Keiner nahm von mir Notiz. Clara lag auf dem Rücken auf dem Bett, immer noch in ihrem weißen Kleid, auf dem gelbe Blütenblätter klebten, mit gefalteten Händen. Neben ihr saß ein etwa dreizehnjähriges Mädchen, mit einer dunklen Blume in den Händen, als habe es sie dort vergessen. Sie hob den Kopf, und ihre Augen sahen mich an. Augen. Ich sah zurück, so lange ich es aushielt – in mir kreiste ein immer schneller werdender farbiger Wirbel –, stürzte dann die Treppe hinunter und rannte nach Hause, wo ich Benjamin wachrüttelte und ihm das Drama in die Ohren schrie. Immer wieder brüllte ich, er habe sie doch geliebt, seine Frau sei sie doch gewesen. Aber Benjamin saß mit zugeklebten Ohren im Bett und schüttelte immer nur den Kopf. Seine Augen waren rote Schlitze. Neben dem Bett stand eine leere Whiskyflasche. Nur einmal murmelte er, er werde Schadenersatz fordern, das werde er.

Für die Beerdigung lieh er mir seinen schwarzen Anzug. Zuerst stand ich zusammen mit den Mitgliedern der Wohngemeinschaft, die ihre Parkas trugen, vor einer der Kapellen herum, bis ein junger Pfarrer kam und uns zu sich winkte; neben dem Sarg stehend sprach er dann davon, daß es recht sei so, und dann gingen wir in einem vertröpfelnden Zug zum Grab, in das vier uniformierte Beamte den Sarg sofort senkten. Alle standen ziemlich weit weg um das Loch herum, nur hie und da trat einer vor und warf Erde hinein; ein Mann in einem Lodenmantel einmal ein Paket Papiere, die mit einem roten Band zusammengebunden waren. Wo war die Tochter? Auch ich ging schließlich hin und warf Erde hinein und, in einer plötzlichen Eingebung, meine Handschuhe. Nachher ging ich zwischen den Wohngemeinschaftsmitgliedern dem Ausgang zu. Auf einer langen Kiesallee, die von hohen Bäumen eingesäumt war, kam uns ein anderer Beerdigungszug entgegen, eine dichtgedrängte schwarze Familie, an deren Spitze der Mann ging, mit dem ich mich in unsrer Werkstatt gestritten hatte. Wir sahen uns in die Augen – ich erschrak –, aber er erkannte mich nicht. Lange sah ich, rückwärts gehend, diesem Grabmarsch zu, bis der Sarg, ein Ungetüm, zwischen fernen Grabmonumenten verschwand. Nachher saßen wir in einer Kneipe, auf deren Tischen Bundesligawimpel standen, tranken Bier und Korn, und langsam begannen Claras Freunde zu reden. Alle waren jünger als ich. Eine Frau mit Korkenzieherlocken weinte still in sich hinein, aber die andern sprachen immer mehr. Ich hörte zu, das heißt, ich dachte gleichzeitig an eine Spielstätte meiner Kindertage, an Höhlen in Granit oder Nagelfluh; es gab ein Gerücht, Wölfe lebten da, obwohl eine Straßenbahn an diesen städtischen Naturtrümmern vorbeiführte und sie voller Menschendrecke waren. Ich kam von dort jeweils erfroren nach Hause. Ja. Einmal plötzlich fragte mich die weinende Frau, ob ich das leere Zimmer übernehmen wolle, und ich schüttelte den Kopf. Als ich die Kneipe verließ, war ich ziemlich betrunken. Ich ging planlos durch die ganze Eschersheimer Landstraße, die mir flirrend und unendlich vorkam, war plötzlich vor der Werkstatt und trat ohne zu zögern ein. Der Mann, mein Ziel, saß schluchzend an der Werkbank, mit einem rauchenden Lötkolben in der Hand, den er an Transistoren hielt, die zischend kaputt gingen. Ich setzte mich auf den Hocker, auf dem ich schon immer gesessen hatte, dem Spiegel gegenüber, der mich zeigte, eine schwarze Eule mit roten Augen; dieser Spiegel war ein uraltes Werbegeschenk der Firma Marconi, das mein Vater schon in Kairo in der Werkstatt hängen hatte; dort hatte er nämlich mit dem Hintern zur Gasse gesessen und mit dem Spiegelbild der Kunden gesprochen. Ich flickte wortlos einen Grundig, vor dem der Mann und ich dann später saßen, nebeneinander auf einem niederen Fußbänkchen, mit einer Flasche Obstler zwischen uns, den der Mann, noch immer schluchzend, aus dem Kühlschrank geholt hatte, der zwar nicht aus Arabien mitgekommen war, dennoch aber einen so archaischen Lärm machte, daß ich jedesmal zusammenfuhr, wenn der Motor einsetzte. Wir sahen einen Film mit zwergwüchsigen Afrikanern, die sich gegen eine Fremdherrschaft auflehnten; viele abgeschnittene Köpfe mit Tropenhelmen; einen gefiederten Staatspräsidenten in einer Sänfte, die von verschreckten Weißen getragen wurde; und dann eine Nebenhandlung, in der ein Pygmäe, einst als Kind nach Harvard verschickt, heimfand zu seinen Eltern ohne es zu ahnen; natürlich nahm ihn die Reife der Gastgeberin gefangen, und in der ersten mondlosen Nacht gab sich die Frau dem Sohn hin; nach Landessitte sangen sie; dann schlichen sie getrennt heim; nur eine einzige schwere Schuld zerriß sie, nämlich, mit einander schlafen taten die Pygmäen damals nach einem strengen Ritual, und wer es brach, war des Todes: in den Nächten der Tag- und Nachtgleiche gingen die Liebesdurstigen singend in die Savanne hinaus, die Männer nach Norden, die Frauen nach Süden, und die, die sich nach einer halben Erdumwanderung auf dem Gebiet ihrer Antipoden trafen, stürzten sich in einander; in der Fremde war alles erlaubt, und alle erlaubten sich alles; dann wanderten sie getrennt über die Pole zurück; Liebe ohne Fußmärsche gab es nicht; und alle, die das Gesetz brachen, benahmen sich so, daß sie entdeckt und dem Vater vorgeführt wurden; der, nach alter Sitte, sang in schrillsten Tönen; so auch jetzt, nur, der tödliche Axthieb traf die Frau, und dann gab sich der Vater selbst den Tod; blind vor Entsetzen rannte der begnadigte Sohn in die Nacht hinaus, wo er die Stimmen der zu einem Liebesmarsch aufbrechenden Frauen und Männer hörte, lange und noch hinter den

Horizonten hervor, bis sie so endgültig verklungen waren, daß er den Atem des Löwen hören mußte, den wir springen sahen, er nicht.

Ich schaltete den Fernseher aus. Wir hatten die Obstlerflasche leergetrunken, und der Mann holte, etwas fahrig, eine neue aus dem Kühlschrank, auf den er die alte stellte. Dann saßen wir nebeneinander vor dem toten Bildschirm und sprachen gleichzeitig, ich zum Beispiel davon, daß es mir ein Rätsel sei, weshalb mein Vater nach Frankfurt gekommen sei und ich eine Art Deutscher geworden. Eine kleine Ablenkung des Geschicks, und ich wohnte im heißen Sand. »Was ist mit diesem Land los, eine Falle, die über dem Unschuldigsten zuschnappt?« Während ich sprach, hielt mich der Mann am Kragen und schüttelte mich und sprach so laut, daß ich ihn nicht verstand. Ich brüllte in sein Ohr, das vor mir hin- und hertobte, dafür gebe es hier kaum Erdbeben und keine Schlangen. Claro? Er ließ von mir ab, sank in sich zusammen und drehte die Flasche in den Händen. In mir drin wehte jener Wind, der den Sand über Tausende von Kilometern treibt bis zu uns, wo er die Autos zerkratzt.

»Was sagten Sie?« sagte ich.

Er hob den Kopf und sah mich mit nassen Augen an. »Ich habe sie entsetzlich lieb gehabt.«

»Ich auch.«

»Sie hat nur von Ihnen gesprochen. Sie hatte ja nur noch Sie.«

»Mich?« rief ich. »Ich dachte, sie wollte nur Benjamin.«

»Wen?«

Der Kühlschrank begann erneut sein Beben, und die leere Flasche darauf hüpfte langsam dem Abgrund zu, in den sie nach einer Weile stürzte. Das Glas splitterte bis vor meine Füße.

»Ihre Tochter«, sagte ich, »ist nicht zur Beerdigung gekommen. Die eigene Tochter.«

»Ihre Tochter?« Er rieb sich den Kopf. »Sie hatte auch eine Tochter?«

Ich nickte, reichte ihm die Flasche, aus der er gierig trank, und dann sprachen wir von der ersten Liebe, wenn keiner den Schmerz voraussieht. Er erzählte von einer, mit der er nachts am Bahnbord gelegen hatte, und immer, wenn ein Zug vorbeifuhr und der Schein der Fenster die Geliebte beleuchtete, zog sie die Röcke nach unten, und er fing von vorne an. Ich erinnerte mich an eine – ein mondbeschienener Hinterhof lag zwischen ihrem Fenster und meinem –, die eines Nachts nackt vor meinem Bett stand und flüsterte, liebe mich, ich liebe dich, und ich versuchte es, und danach schwammen wir schluchzend im Main, dessen Wasser sich im Mondlicht kräuselte. Nie mehr, dachte ich, habe ich an sie gedacht, die sehnsuchtsvoller als ich war, und gleichzeitig heulte der Mann: »Jeden Abend habe ich das Land anschauen müssen, dieses elende Land.« Er rutschte vom Stuhl und schlief sofort tief. Sein Kopf lag zwischen den Flaschensplittern ohne eine Wunde. Er schnarchte so laut, daß ich aufstand und schwankend auf die Treppe zuging, die mir wie eine Leiter in den Himmel vorkam; wie sollte ich je da hinaufkommen.

Ich wachte in einem unbekannten Bett in einem Zimmer auf, das ich noch nie gesehen hatte. Staub lag in einer Luft, die weh tat beim Atmen. Rechts und links in hohen Silberleuchtern abgebrannte Kerzen. Weiße Blumen auf der Decke, die tonnenschwer war. Ein Kissen für Riesen. Das Bett selber ein Ungetüm, das stöhnte, als ich mich bewegte. Vorsichtig tastete sich mein Blick über eine Tapete, deren Blumenmuster grau geworden war; klare Flecke, wo einmal Bilder gehangen hatten. Ich sprang auf; die Kleider klebten; stürzte zur Zimmertür und stand vor der Treppe, die zur Werkstatt hinabführte, in der der fremde Mann, mein Gastgeberfreund, noch immer schnarchte, zwischen Kabelrollen und Glasscherben verdreht wie ein Ermordeter. Er kam mir vor als hätte ich ihn noch nie gesehen. Schnell ging ich zur Tür hinaus, wischte die Klinke mit dem Taschentuch ab und wankte, weil ich in der Sonne sofort wilde Kopfschmerzen hatte, durch den Grüneburgweg bis zum nächsten Café, vor dem, an einem winzigen Tisch, Benjamin saß und Zeitung las. Er hatte seine gebügelten Nadelstreifenbeine übereinander geschlagen und trank eine Schokolade. Langsam schob ich mich zwischen ihn und die Sonne, bis er hochsah.

»Wie sehen Sie denn aus?« rief er.

»Ich komme von einer Beerdigung.«

Er hielt sich die Nase zu und kicherte: »Sie riechen nach Sünde.« Mit der gefalteten Zeitung deutete er auf einen Stuhl. »Das Beste wissen Sie noch gar nicht«, flüsterte er dann sofort, seine Lippen zu meinem Ohr beugend. »Ich bin mit der Tochter auf die Zugspitze gefahren. Mannomann.«

»Mit der Tochter? Mit ihrer?«

»Mit wem seiner sonst? Wir haben im Gipfelrestaurant Eis gegessen und auf die Erdbewohner hinabgeschaut. So kleine Nichtse. Über uns Wolken mit Adlern drin.«

»Aber«, stammelte ich. »Sie ist doch erst dreizehn.«

»Zwölf.« Er legte eine Hand auf meinen Arm, und sein Atem wärmte mein Ohr. »In der Nähe von Kufstein haben wir in einem Motel übernachtet. Da war direkt vor dem Fenster eine blinkende Leuchtreklame, so daß sie die ganze Nacht über abwechslungsweise giftgrün und unsichtbar war. Wahnsinn.«

»Das ist doch«, rief ich und rang nach Luft.

»Gell?« Er strahlte mich an. »Als ich am Morgen aufwachte, war sie weg. Irre. Am Empfang wußte man nichts, als ich nach meiner Tochter fragte, Sie verstehen, aber ein Mann, der neben mir seine Rechnung bezahlte, sagte, sie sei im Morgengrauen in einem weißen Opel Ascona davongefahren, mit einem Mann, der grämlich ausgesehen habe. Waren Sie das?«

»Ich?« Ich spürte, daß mir das Blut ins Gehirn schoß. »Und was ist mit Clara?«

»Mit Clara?« Er rutschte von mir weg und sah mich mit gerunzelter Stirn an. »Was hat das mit Clara zu tun?«

»Sie Ungeheuer«, brüllte ich. Ich spürte, wie eine unbremsbare Wut in alle meine Muskeln schoß. »Ein Kind. Sie ist doch noch ein Kind. Ihres.«

Ich hatte ihn an der Gurgel gepackt und schleifte ihn vor dem Café hin und her. Während ich ihn würgte, lief in mir ein Film früherer Wüte ab, ein verzuckertes Beefsteak, das ich zum Fenster hinausgeworfen hatte, zerfetzte Schulbücher, die zerstampfte Brille einer Freundin, die mich nicht mehr sehen wollte, der demolierte Fernseher. Ich, der ich immer der liebe Ali gewesen war; Kitt zwischen allen. Ich schrie und schrie, bald auch, weil Benjamin mich mit den Knien in den Unterleib trat und, als ich am Boden lag, mit den Füßen. Über mir hörte ich seine Flüche und lag stöhnend auf dem Trottoir, bis ein Polizeiauto mit sich drehenden Blaulichtern direkt vor mir hielt; jemand sagte: »Was ist denn mit uns los?«, und plötzlich stand ich und sah in ein kindliches bleiches Gesicht mit Augen, wie sie die Dogge des Abteilungsleiters gehabt hatte, die mir auch nicht gefährlich geworden war; ich versuchte, aus dem Polizeigriff loszukommen, und brüllte, der da mit dem Lackaffengesicht, der da, der sei eine Sau. Eine Riesensau. Zwei Beamte, die ununterbrochen »Jajaja« sagten, schoben mich auf die Hintersitze ihres Autos, und wir fuhren zu einer Polizeiwache an der Eschersheimer Landstraße, wo die beiden Beamten mich an eine Art Theke schubsten und hinter mir stehen blieben. Ein älterer Polizist in Hemdsärmeln las meinen Paß und tippte mit einem Finger die Angaben in die Klaviatur eines Kleincomputers. Immer wieder löschte er das, was vor ihm auf dem Bildschirm aufflimmerte, und fing von vorn an. Schließlich löste er seine Augen von den Auskünften aus Wiesbaden und sagte: »Ausländer?«

»Alles, woran ich mich erinnern kann, ist das Westend«, sagte ich. »Das Leben der Ahnen ist mir ein Mythos.«

»Ausländerrechtlich hat das keine Bedeutung«, sagte der Beamte und rollte mit seinem Stuhl zu einer Schreibmaschine, auf der er genau so schrieb wie auf dem Computer. Seine Zunge folgte dem Weg des Zeigefingers bei jedem Buchstaben.

»Ich würde viel darum geben zu wissen, was wirklich war«, sagte ich. »Wie kommt einer wie ich zustande?«

»Vermutlich auf dieselbe Weise wie bei uns«, sagte der Beamte und bleckte die Zähne. Die beiden hinter mir lachten. »Nötigung. Tätlichkeit mit Verletzungsfolge. Widerstand gegen die Staatsgewalt. Da lösen sich Aufenthaltsgenehmigungen in Luft auf.« Er trat zur Theke, legte meinen Paß vor mich hin und nickte den beiden Beamten zu. Einer nahm mir die Handschellen ab. Ich nahm meinen Paß und ging durch eine Tür, die sich mit einem Summer öffnete, in die Eschersheimer Landstraße hinaus, auf der gerade eine

Straßenbahn vorbeifuhr, die über und über mit lachenden Kühen bemalt war. Schon wieder wurde es Abend. Eine schwache Sonne schien durch die gelben Blätter eines Kastanienbaums, unter dem ich lange stand und die warmglänzenden Kugeln einsammelte, die, obwohl sie im Dreck lagen, glänzten wie Spiegel. Hie und da fiel eine neue vom Baum und sprang über den Asphalt. Blätter schwebten. Gegen den Baum gelehnt stand ein Wahlplakat mit dem Kopf eines Manns, dem die Augen ausgekratzt waren. Ich strich mit dem Finger über die Risse und Narben der Rinde und stand dann da, bis die Sonne hinter einer alten Villa mit Giebeln und Erkern verschwunden war. Später – ich war herumgewandert und hatte zwischen Bauzäunen eine Paprikawurst gegessen – saß ich vor dem Römer auf dem Lüftungsschacht des unterirdischen Parkhauses, dessen Gase meinen Kopf benebelten. Zu meinen Füßen lagen leere Bierflaschen. Vor dem mit Scheinwerfern angestrahlten Römer stand die ganze Zeit ein schwarzer Mercedes mit gedunkelten Scheiben, der dann plötzlich von jungen Männern mit offenen Sakkos umschwärmt war, und gleich darauf eilte ein Mann mit einem geschlossenen Sakko die Treppe hinab, stieg ein, und weg. Die jungen Männer folgten ihm in einem schwarzen Opel, dessen Reifen beim Anfahren kreischten. Wieder war es still. Jede Viertelstunde schlug die Uhr des Doms in meinem Rücken. Vom Main her zuweilen das Tuten eines Schiffs. Es war kühl und feucht; auf einem Betonsokkel ein zerfetztes Wahlplakat, das Reste von dem Mann zeigte, den ich eben gesehen hatte.

Als meine Zähne zu klappern begannen, stand ich auf und ging, die Hände in den Hosentaschen, zum Main. Möwen hockten in den zerfasernden Rändern eines Nebels, der aus dem Wasser aufstieg und in dem eine eiserne Fußgängerbrücke verschwand. Als ich sie betrat, als ich einige Schritte gemacht hatte, war ich in einer undeutlichen Welt, und so war ich gar nicht erstaunt, daß mir Benjamin entgegenkam. Schon wieder. Er trug ein Bild unter dem Arm und blieb stehen, als er mich sah. Ein Schatten, der Angst hatte. Auch ich stand und hatte die Fäuste geballt.

»Was ist das?« sagte ich und deutete mit dem Kinn auf das Bild unter seinem Arm. »Die Mona Lisa?«

»Machen Sie keinen Wirbel«, sagte der Schatten und stellte das Bild ab.

»He, he«, sagte ich. »Gleich frech werden. Madonnen kann jeder malen. Mal doch mal ein Abendmahl.«

»Mach ich«, sagte er.

Ich nickte. »Eins möchte ich wissen«, ich zögerte, »haben Sie damals, bevor Sie gingen, mit Rosa, Sie wissen, was ich meine.«

»Nein.«

»Jeder hat mit ihr«, schrie ich. »Sie doch auch, Sie Lump.«

»Was wollen Sie denn?« Jetzt schrie er plötzlich ebenfalls. »Blöder Nigger.«

Dann standen wir uns stumm gegenüber und verschwanden zuweilen in Wolkenfetzen. Seinen Atem hörte ich immer, und wenn einer nur einen Fuß bewegte, dröhnten die Eisenplatten unter uns. Allein, im Dunst verrauchte meine Wut, und ich dachte, der schwarze Judas müße unser aller Urahn gewesen sein, der Guten wie der Schlechten, denn die andern elf hätten ja in weißer Keuschheit verharrt. Seither stritten sich alle ums Erbe der Silberlinge. Dann und wann tauchte der Schatten aus dem Nebel auf und verschwand wieder. Keiner von uns hatte je Kirchen besucht, er nicht, weil in den Bergen die Geister das Sagen hatten, ich nicht, weil in den Städten die Kirchen Hallen für Tote sind. Was kann das Wort des Herrn gegen Fußgängerzonen. An den Tempeln Indiens, sagte ich in den Nebel hinaus, steckten die Männer und Frauen in den unglaublichsten Positionen in einander. Auch Allah halte die Hand über Oasen. Aber unser Gott. Dann lauschte ich in die Wolken hinein, und tatsächlich sagte eine leise Stimme nach einer Weile, da, wo sie herkomme, sei früher eine Stadt gewesen, deren Bewohner Durchreisende zu Tode gebracht hätten, bis Gott sie mit einem Erdrutsch bestraft habe. Archäologen hätten dann die Skelette in allen nur denkbaren Stellungen gefunden, kein einziges allerdings betend auf den Knien. »So ist es«, sagte ich. »Erst heute rutschen wir demütig herum, vor wem, und bedenken nicht, daß es sich auf Knien schlechter fliehen läßt, wenn die mit den Nagelschuhen kommen.«

»Die Neger«, sagte die Stimme.

»Genau.«

Fast gleichzeitig packten wir uns. Weiße Atemwolken kamen aus unsern Mündern, während wir beinah bewegungslos rangen. Möwen umkreischten uns. Es kam mir vor, als sei mein Feind zerbrechlicher geworden. Ich schlug ihm die Faust in den Magen; er sprang nach hinten – mitten ins Bild –, und als ich mit beiden Händen gegen seine Schultern stieß, kippte er übers Geländer und verschwand im Nebel. Ich lauschte, hörte aber durch das Möwengeschrei hindurch nur das gleichmäßige Strömen des Flusses. Ferne Sirenen. Ein hohes Flugzeug. Langsam hob ich das Bild auf, das, in einem schiefgetretenen Rahmen, den Eisernen Steg zeigte, in einer hellen Sonne und mit Häusern im Hintergrund, unter denen der Dom das höchste Gebäude war. Ich klemmte es unter den Arm und ging – meine Schritte dröhnten auf den Metallbohlen – zum Ufer, über dem noch immer ein klarer Sternenhimmel stand. Der Main hinter mir lag wie eine Wanne voller Dampf. Auf dem Heimweg begegnete ich keinem Menschen; der Römer leer, die Hauptwache. Beleuchtete Schaufenster und blinkende Reklamen. Einmal kam mir doch jemand entgegen, ein Mann mit einem Saxophon und einem Schlapphut; wir gingen jeder ganz außen auf dem Trottoir und sahen an einander vorbei. Sonst sah ich nur Tiere, einen Igel, einen toten Hund und Katzen. Der Gitterzaun der Amerikaner war wieder im Flutlicht, und immer noch schlenderte ein Wachsoldat mit weißen Stulpenstiefeln auf und ab. In der Wohnung, in der Licht brannte und eine dampfendheiße Kaffeekanne auf dem Tisch stand, zog ich die Begräbniskleider aus und meine eigenen an. Der Hund sprang an mir hoch und leckte mich. Ich spielte ein bißchen mit ihm, dann durchwühlte ich alle Schubladen und Anzüge und fand tatsächlich einen Hundertmarkschein und ein bißchen Kleingeld. Und auf der Staffelei stand ein angefangenes Bild, dessen Farbe naß war: Clara in Rosen und Dornen, mit einem skizzierten Heiligenschein.

Ich nahm das Bild – sofort waren meine Hände verschmiert – und stellte statt dessen den Eisernen Steg hin. Dann ging ich, mit Bild und Hund. Hinter mir hörte ich aus der Wohnung Geräusche; aber das war vorbei. Als ich das Amerikanerauto vom letzten Mal erneut vor der Tür stehen sah – sein Besitzer hatte wirklich Nerven! –, tat ich nicht mehr so, als wisse ich nicht, daß man eine Zündung kurzschließen kann, setzte mich, als der Motor lief, ans Steuer und fuhr weg. Der Hund saß neben mir wie ein Napoleon. Ich stellte das Radio ganz laut und fuhr viel zu schnell über verödete Kreuzungen. Vor dem IG-Farbenhaus standen schwarze Schatten von Helikoptern. Als ich in die Straße einbog, in der die Synagoge und die Galerie standen, sah ich weit vorn, im Licht einer Straßenlampe, den Mann mit der Pfeife gehen; seine Beine, weil der Kopf in Rauch gehüllt war. Ich bremste, stieg aus, huschte mit dem Hund unter dem

Arm hinter ihm her, klinkte das Halsband in das aus dem Pfeifenqualm baumelnde Leinenende, setzte den Hund aufs Pflaster und gab ihm mit einer Hand so viel Schwung, daß er im gleichen Schritt und Tritt hinter seinem neuen Herrn hertrottete, dieser Depp, der sich kein einziges Mal nach mir umwandte, obwohl ich ihm nachsah, bis er verschwunden war. Viel langsamer fuhr ich dann zur Autobahn, wo ich den Blinker einschaltete, mich auf die linkeste Fahrspur setzte und mit aufgeblendeten Scheinwerfern in ein fernes Morgenrot hineinfuhr. Nun ertrug ich den AFN nicht mehr. Lastzüge tauchten wie Urgewalten aus der Dämmerung auf und verschwanden. In der Gegend von Darmstadt ging die Sonne auf und beschien Wälder, die gelb geworden waren; Habichte oder Bussarde warteten in Stoppelfeldern, und Fasane spazierten aus dürrem Mais heraus. Überall standen mit Zuckerrüben beladene Wagen. Die Sonne war weich und leicht, ihr Licht kam von weit her, tat nicht weh und brach sich im Dunst über den Feldern. Hasen rannten.

Kurz nach Freiburg – die Autobahn, zwischen Rebenhügeln, war leer – holte ich einen weißen Opel ein, neben dessen Fahrer Claras Tochter saß. Kein Zweifel. Mehrmals überholte ich die beiden und ließ mich wieder überholen. Claras Tochter trug ein weißes T-Shirt und redete und lachte; der Mann hatte ein graues Gesicht. Beide aßen Trauben, deren Schalen der Mann aus dem Seitenfenster spuckte, so daß sie auf meine Windschutzscheibe klatschten. Später fuhren sie auf den Parkplatz einer Raststätte, und die Tochter rannte einen Plattenweg zu einem Motel hinüber, während sich der Mann an einem Cola-Automaten zu schaffen machte. Ich saß unbewegt hinter dem Steuer. Gleich darauf erschien sie wieder unter der Tür – sie sah älter aus, eine Frau – und winkte, und der Mann schlenderte Cola trinkend zur Moteltür und verschwand. Ich zählte bis zwanzig, ging denselben Weg, verlangte bei einem dicken Mann ein Zimmer, aus dem ich, als ich dann neben einer Jugoslawin oder Griechin drinstand und Bett, Vorhänge und Waschbecken sah, weglief, ins Auto zurück. Ich hatte nichts gehört, kein Lachen, kein Schreien. Im Korridor jede Tür gleich schuldig. Ich legte Claras Porträt – es war nun trocken – auf den Autositz der Tochter, unter dem eine Plastictüte lag, in der ein türkisfarbenes Badekleid steckte. Ein Kamm, Zigaretten. Wie ein Fliehender fuhr ich weiter. Ich dachte immer wieder, daß ich nie mehr daran denken wolle, nie mehr, daß gerade jetzt in diesem Augenblick Millionen Liebende im Rausch der Leidenschaft explodierten. Ich pfiff jene Melodie, die kein Ende und keinen Anfang hatte, bis zur Grenze, über die mich die Beamten winkten, ohne meine Papiere sehen zu wollen. Das Auto surrte, als könne es nie kaputtgehen. In sanften Hügeln Kartoffelfeuer. Der Zürichsee lag lieblich. Aus den Felsen des Walensees ragten die Sirenen heraus, die tuten werden, wenn ein Bergsturz kommt, damit man weiß, daß man ertrinken wird. Die Steilwände wurden immer schroffer, Klippen, die in einen verblassenden Himmel ragten. Endlich ging es bergauf. Ich fuhr Kurve um Kurve. Auf dem Julier oben standen die Römersäulen in einer Luft, die weh tat, als ich das Fenster öffnete. Der Schmerz tat so gut, daß ich das Fenster offen ließ, während ich, mit brennenden Scheinwerfern, ins Engadin hinabrollte. Auf der Straße kaum Autos. Hie und da ging jemand fernab auf einem Fußweg. Die Ferienchalets alle schwarz, wie die Wälder dahinter, und die Masten der Skilifte. In Pontresina – auch hier alles so still, daß ich einen Brunnen plätschern hörte, als ich vor einer Ampel warten mußte –, in Pontresina ging ich in den Coop und belud einen Einkaufswagen mit Lebensmitteln und Schreibpapier. Ohne jedes Erstaunen akzeptierte die Frau an der Kasse meine D-Mark und gab mir einige Münzen heraus, die ich in einen mechanischen Elefanten steckte, der, als ich abfuhr, allein auf und ab hoppelte. Die Kinder des Tals waren schon im Bett. An den letzten Häusern vorbei fuhr ich den Eisbergen entgegen, die auch in der Nacht leuchteten, unter einem Sternenhimmel, der mich zwang, die Scheinwerfer auszuschalten. Wer sollte jetzt den Paß herunterkommen? In dem kaltblauen Licht sah ich jeden Stein ganz genau, das Bahngeleise neben mir, Felsklötze, die Silhouetten der Bergbahnstationen und weiter oben den See, in dem sich die ersten Eisschollen bildeten. Sanft trieb das leere Boot am Ufer, an derselben Stelle wie im Sommer. Auf der Paßhöhe lag Frost, und ich hielt an und sah zum Felsberg hinüber, ohne auszusteigen. Ich war starr gefroren und empfand die Kälte als Schutz. Die Benzinuhr stand längst auf Null, aber was sollte mir abwärts noch passieren. Ich fuhr Kurve um Kurve, hier kannte ich mich aus, erst vor der Polizeistation trat ich wieder auf die Bremse und rollte ganz langsam an ihr vorbei; jetzt wirkte sie, mit ihren hellerleuchteten Fenstern, wie ein Schiff in einer erfrorenen See. Hinter einem der Fenster die drei Polizisten, die mit Fahrradpumpen fuchtelnd einem Vogel nachrannten. Die letzten Kilometer beleuchtete sogar ein richtiger Mond, und die Arven warfen lange Schatten. Als ich das Haus sah – einen lichtlosen Klotz –, begann der Motor zu stottern, so daß ich die Zündung ausschaltete, und deshalb fuhr ich, weil die Lenkradverriegelung erneut einrastete, statt über die Brücke in den Bach, in dem ich das Auto dann stehen ließ. Das Wasser bis zu meinen Knien gefror, während ich ums Haus herum zum Anbau ging, dessen Kamin diesmal nicht rauchte. Alles war still; auch als ich rief; nur im Herrenhaus brannte an einem Fenster ein kleines Licht, und als ich durchs Garagentor lugte, sah ich das Auto aus Mahagoniholz. Ich warf eine Handvoll Kiesel gegen das Fenster, ohne eine Antwort zu bekommen. So trug ich meine Lebensmittel in den Anbau und zündete ein Feuer an. In den Mauern saß eine alte Kälte. Ich wickelte mich in eine Decke, setzte mich zähneklappernd neben den Herd und nahm meinen Filzstift in die Hand; denen wollte ich es zeigen; so zu tun, als gebe es mich nicht. Kaum hatte ich einen ersten Satz begonnen, klopfte es gegen die Wand. Es klang von sehr weit weg.

»Ist da jemand?« rief ich.

»Ich bin die Hausbesitzerin«, rief eine Stimme, die vom fernsten Tag herzukommen schien. »Ich habe mich entschlossen, den Winter hier zu verbringen.«

»Ich auch.«

Sie hustete. Ich stellte sie mir mit einem Faltenhals vor, mit einem engen schwarzen Seidenband darum, eins von denen, mit denen chinesische Mandarine sich erdrosselten, wenn ihr Kaiser es befahl.

»Wo ist Rosa?« rief ich.

»Zu meiner Zeit«, sie hörte mir nicht zu, »fielen die Männer in Ohnmacht, wenn eine Frau ihnen einen Blick gewährte, der länger als einen Wimpernschlag dauerte.«

»Wollen Sie nicht herüberkommen?« Jetzt brüllte ich.

»Junger Mann. Ich bin eine alte ekelhafte Frau. Ich habe ein paar Kinder, die Nietenfabrikanten sind und Rechtsanwälte. Zudem liege ich im Bett.«

»Haben Sie Brennholz? Zu essen?«

»Zuhören sollen Sie. Einmal wohnte ich in einem Haus an einem See, und ich hatte einen Vetter, der Engländer war –«

»Engländer?«

»– und den ganzen Tag über Pyjamas und Strohhüte trug. Immer spielte er im Garten Golf. Seine Löcher waren Konservenbüchsen, die der Gärtner eingegraben hatte, um Schnecken zu fangen.«

Vor dem Fenster schwebten Schneeflocken, ein paar wenige zuerst, immer mehr dann, bis sie einen weißen Vorhang bildeten, den ein sanfter Wind manchmal aufwirbelte. Unter dem Schnee wurde das Tal still. Zwei Scheinwerfer tasteten sich, unhörbar, die Straße hinauf und erloschen weiter oben im Gestöber. Auf den Fensterrändern weiße Wulste. Ich schenkte mir ein Glas Wein ein, wickelte die Decke fester um die Beine, prostete der Wand zu und trank.

»Dieser Vetter« – die Hausbesitzerin schien in eine Art Ekstase zu geraten – »packte mich mitten am hellen Nachmittag mitten im Garten, warf mich in den Kies und ...« Ich verstand nichts mehr, so sehr schrie sie.

»Was??«

»Jawohl.« Sie kreischte. »Ich habe das Wort noch nie ausgesprochen. Noch nie. Noch nie gedacht. Ich habe es seither nie mehr getan.« Es klang, als hüpfe sie im Bett auf und ab. »Dann stand der Vetter auf. Ich saß völlig durcheinander im Kies und sah ihm zu, wie er einen Ball mit einem sicheren Schlag ins nächste Loch beförderte. Unter der Gartenmauer, tief unten auf der Straße, trieb jemand einen Esel vorbei, der schrie.«

Das Jubeln brach ab. Stille. Vor meinen Augen

strömte der Schnee, den ein Wind gegen die Scheiben preßte. Ich stand auf und trommelte mit den Fäusten gegen die Wand. »Halloo. He. Sie.« Das Haus schwieg wie das All. Also setzte ich mich wieder zwischen Herd und Fenster, Schnee, Schnee, und stellte sie mir vor, wie sie in einem hochgeschlossenen Kleid mit einem Spitzenkrägchen im Bett lag, um den hundertjährigen Hals das zugezogene Band. Schmetterlinge umgaukelten sie hier keine; keine Oleander; und keine Wespen auf geplatzten Feigen. Ich beugte mich zum Tisch vor, strich meinen ersten ersten Satz durch und schrieb einen neuen.

Dieser sprach von einer tiefen Nacht, in die ein Blitz zuckte, der einen Schatten für den Hauch eines Augenblicks sichtbar werden ließ, ein Kind, umbraust von einer Melodie, die gerade erst begonnen hatte, in einer Wiege auf einem braunen Fluß schaukelnd, der über die Ufer getreten war und das Kind zwischen Schilfdickicht getrieben hatte, über ihm eine brennende Sonne – war es Tag geworden? –, und am Ufer Hütten und der Schatten einer unbewegten Frau, die zu dem Kind hinübersah, ohne ein Zeichen des Erkennens.

Als habe mich diese erste Anstrengung völlig erschöpft, stand ich auf, ging mehrere Male über den Bach hin und her und streifte dann sehr schnell den orangen Leuchtanzug über, der noch immer, klamm und kalt, hinter der Tür gehangen hatte. Ich stürzte in den Schnee hinaus, wo ich die Arme ausbreitete, das Gesicht nach oben hielt und die Flocken darauf schmelzen spürte; sie leuchteten über mir, als strömten sie aus dem Innern des Monds.

Dann – das Licht im Zimmer der Hausbesitzerin flackerte – ging ich den Weg, den mein Gefühl kannte, ohne daß die Augen ihn in dem Gestöber sehen konnten. Da war die Brücke; das Hotel; die Straße. Dennoch ging ich nicht langsamer als sonst; vielleicht ging ich mit dem Kopf nach unten. Ich wurde völlig weiß. In der ersten Kurve tastete ich mich den Abschrankungsbalken entlang, und als einer fehlte, sprang ich blind in den Abhang hinein und rutschte auf dem Rücken liegend, als führe ich bergauf, bis meine Füße gegen etwas stießen, das mich brüsk bremste. Meine Hände ertasteten einen Erdhügel und die Äste, die das Kreuz bildeten. Neben mir hörte ich ein Räuspern. »Frau Meier?« sagte ich. »Was tun Sie hier?«

»Ich bin ziemlich am Ende«, sagte sie.

»Ach was. Was soll das denn?« Ich strengte mich an, etwas von ihr zu sehen, ohne Erfolg. Der Schnee strömte gleichmäßig.

»Man sieht nicht sonderlich viel.« Sie lachte. »Vielleicht ist das gut so.«

Ich nickte. »Wieso«, sagte ich leiser, »sind Sie damals weggelaufen? Jetzt, zu spät, hocken Sie doch wieder bei ihm.«

»Ich hocke nicht. Ich schöpfe Luft für die letzten Schritte. Der da« – deutete sie aufs Grab? – »war eine

Art Nazi geworden. Ein Bergnazi. Damals ließen die, die sich uneins waren, einander das noch spüren. Angst und lautes Brüllen, um wieder Mut zu fassen. Das war nicht mehr meine Welt.«

Ich ruderte in der Flockenwand herum, um vielleicht einen Zipfel von ihr zu fassen. Aber das führte nur dazu, daß ich umkippte und mit beiden Knien im Hügel steckte.

»Haben Sie meinen Brief bekommen?« sagte ich von dort aus. »Sie schliefen so fest, und ich wollte Ihnen alles auf einmal sagen.«

»Ich habe ihn an *Nature* geschickt.«

»Und?«

»Sie drucken ihn, wenn ich mich für meinen Begleitbrief entschuldige.«

»Wieso?«

»Ich schrieb, seit Jahrzehnten läse ich ihr Blatt ohne jeden Gewinn.«

Der Schnee fiel noch immer dicht, aber mir wollte sein, ich sähe durch ihn hindurch hoch über mir aufgerissene Riesenaugen, einen Mund mit gewaltigen Zähnen und eine meterbreite Schirmspitze, die drohend auf uns niederstach. Ich hob die Hände und wollte Frau Meier auf das Phänomen aufmerksam machen, da sagte diese: »Wir hatten ein Erdbeben. Alles stürzte durcheinander. Ich verletzte mich an der Stirn, da, sehen Sie, und das Seltsamste war, ein paar Sekunden lang hörte ich aus dem Himmel Schreie von einer Frau. Ist Gott ein Weib?«

»Ich«, sagte ich und hielt inne, ohne meinen Gedanken fertig zu machen. Das Gesicht über mir war verschwunden, und der Schnee floß erneut wie der Frieden selbst. Ich kniete da und hielt die Arme in die Luft. Ich schwor mir, wenn ich jemals dazu käme, eine Lebensbeichte zu schreiben, würde ich den ersten Satz in Eis und Frost beginnen lassen, in den letzten aber steckte ich alle Wärme des Schnees.

»Ein halbes Leben lang habe ich nach diesem blöden Land gesucht«, sagte Frau Meier nach einem langen Schweigen. »Kaum hörte ich damit auf, fand ich es.«

»Hier?«

»Mein Fehler war, ich dachte an den Eingang. Der Ausgang, der war es.« Ihre Stimme klang ferner als vorhin, und ich hörte Steine, die rutschten, stolpernde Schritte.

»He«, rief ich. »Frau Meier. Ich komme auch.«

»Das glaube ich nicht«, antwortete sie weit weg. »Sie werden bleiben. Vielleicht kommt jemand, der Ihren Ausgang kennt, und er zeigt ihn Ihnen. Sonst werden Sies mit einem neuen Frühling versuchen, und so weiter. Adieu.«

Ich rannte mit den Händen rudernd durch Verwehungen, glitt aus, rutschte, zerriß mir die Hosen an einer Felszacke und krachte endlich gegen den Stamm einer Föhre. Einer Arve. Ich war im Wald. Hier fiel kein Schnee; ich stand zwischen urweltlichen Stämmen voller Flechten, erfrorenen Heidelbeerstauden,

Ästen, Moosen. Keine Spuren. Als ich rief: ein ersticktes Echo. Dann ging ich gebückt zwischen den eng nebeneinander stehenden Stämmen, deren Nadeläste über mir ein schwarzes Dach bildeten. Als ich vergessen hatte, wen ich suchte, was, stieß ich auf die Geleise einer Eisenbahn, deren Schwellen, als ich auf ihnen ging, zu nahe beieinander lagen für meine Schritte. Hie und da übersprang ich dann eine. Ich ging weite Kehren hinab, an grünleuchtenden Signalen vorbei und schwarzen Bahnwärterhäuschen, und endlich in einen Tunnel, in dem ich die Hände vor mir ausgestreckt hielt, bis ich gegen etwas stieß, eine rauhe Wand aus einem fasrigen Material, durch die hindurch ich Geräusche von so etwas wie Baumaschinen hörte. Es roch. Auf der Höhe meines Knies sah ich einen Lichtschein, und als ich mich bückte, war da ein augengroßes Loch, durch das ich eine taghelle Müllhalde erblickte, Abfälle von Horizont zu Horizont, in denen ein gelber Bulldozer herumwühlte. Ganz nahe aber hörte ich ein Rascheln und Knistern – Ratten? –, und dann nieste jemand. Ich mußte eine Weile lang warten, bis er in mein Blickfeld trat: Benjamin, elegant wie immer, in der einen Hand eine große Mappe, in der andern einen Schirm, mit dessen Spitze er Papiere hochhob und fallen ließ. »He!« brüllte ich. »Hierher!« Und als er sich nicht rührte, obwohl er kaum fünf Meter von mir entfernt stand: »Was tun Sie überhaupt hier?« Er strich ein Papier über dem Knie glatt; eines der Blätter aus der Galerie. Es zeigte die

Anfänge, schwarze Gestalten, die eben von Bäumen herabkletterten; eine Sonne, die der Erde noch ganz nahe war; Echsen. Benjamin legte das Blatt in die Mappe. Da und dort hob er noch etwas auf, Schuhe, Stoffe, Hölzer, dann ging er mit Schritten davon, die dem Erdboden nur mit größtem Widerwillen nahe kamen. Eine Erscheinung, die schließlich hinter dem Bulldozer verschwand, dessen Raupen sich schlingernd im Müll drehten. Fliegen surrten in einer Staubluft. Ich ließ mich, mit dem Rücken gegen die Wand, langsam zum Boden herabgleiten und schaute lange in die Nacht, aus der ich gekommen war, auf einer Schiene sitzend. Immer wieder hob ich die Nase zum Loch hin und roch die Süße der Abfälle. Aber dann rappelte ich mich auf und ging durch den Tunnel zurück, über die Brücke, die Kehren hinauf, durch den Wald dann und über den Erdhügel bis zur Straße, vors Haus. Der Schnee lag noch weißer als vorher. Die Luft war rein. Im Fenster der Hausbesitzerin loderte das Licht noch einmal auf und erlosch dann. So war das, und so wird es sein. Langsam und ruhig ging ich ums Haus herum in meine Kammer und riegelte mich ein. Am Fenster träumte ich mit dem Stift zwischen den Fingern, der dann ohne jedes Denken den zweiten ersten Satz durchstrich und den vom im Eis erstarrten Jahr hinschrieb. Danach saß ich wieder da.

Ich saß noch immer, als, durch den angewehten Schnee am Fenster kaum zu erkennen, drei Lichter näherkamen, drei Gestalten in ihrem Schein, die sich gegenseitig stützten, mit breiten Schritten torkelten, hinfielen und sich wieder aufrappelten. Ich riß das Fenster auf. »Hierher«, brüllte ich in den plötzlichen heftigen Wind. »Hier ist die Tür.«

Sie schwankten näher, aneinandergeklumpt, ein Dicker, ein Kleiner und ein Junger: die drei Polizisten, über und über weiß, mit den Händen fuchtelnd und ihrer Rettung entgegenstolpernd.

»Wenn ich nicht zufällig am Fenster gesessen hätte«, sagte ich, als sie keuchend vor mir standen, »wären Sie am Haus vorbeigegangen.«

Sie nickten alle drei gleichzeitig, drängten sich an mir vorbei und schüttelten den Schnee von den Uniformen, daß Herd und Butangaslampe nur so zischten. Die Käppis legten sie nebeneinander auf den Tisch. Dann standen sie stumm da, vom Unwetter zerzauste Kinder, und rieben sich die Hände. Ich deutete auf meinen einzigen Stuhl und die Kisten mit den leeren Flaschen und sagte: »Bitte.« Sie setzten sich. Aber auch jetzt saßen sie nur so da; keiner sah den andern an; keiner mich. Ich gab jedem ein Glas Wein und sagte: »Prost.«

»Wir hätten die Mopeds genommen«, sagte der alterslose Polizist endlich, der kleine graue mit den Flechtenhaaren. »Aber bei dem Wetter.«

»Da kann leicht eine Pumpe abhanden kommen«, sagte ich und lächelte. »Oder das ganze Moped. Und dann müßten Sie wieder fahnden wie früher und hätten keine Zeit für wichtigere Aufgaben.«

Die drei Polizisten lächelten auch. Sie streckten die Beine aus, räusperten sich, klopften das Wasser aus dem Uniformstoff und tranken mit größeren Schlukken. Einer, der aus verschiedenen Körpern Zusammengesetzte, legte ein Bein auf den Tisch. Im Herd knallten brennende Scheite. Draußen sang ein friedfertiger Wind.

»Die Sache ist die«, sagte der kleine graue Polizist. »Es ist der Behörde zu Ohren gekommen, daß Sie einen Landsmann in ein Gewässer gestoßen haben.«

»Ich?« sagte ich. Mein Herz klopfte.

»Wir tun nur unsre Pflicht«, sagte er. »Aber natürlich geht es nicht, daß ein Ausländer einen Inländer zu Tode bringt, noch dazu im Ausland.« Seine beiden Kollegen blickten in ihre Hände.

»Das war im Inland«, sagte ich.

»Sie sind also geständig«, sagte der Polizist und holte ein winziges Wachstuchheft aus einer Tasche, an dem, in einer kaum sichtbaren Schlaufe, ein fadendünner Bleistiftstummel steckte, den er herauszog und mit seiner Zunge anfeuchtete.

»Name?«

»الخطوط الجوية العربية الليبية«

»Vorname?«

»Ali.«

»Geboren am?«

»Hören Sie«, rief ich. »Benjamin lebt. Ich habe ihn gerade eben gesehen.«

»Ihr Opfer«, sagte der Polizist würdig, »hieß Max.«

»Max?«

»Oder Paul.« Er blätterte in seinem Heft. »Max Paul. Meinen Sie, es macht uns Vergnügen, uns mit so Bagatellen herumzuschlagen?« Er schüttelte den Kopf und seufzte, und sofort schüttelten die beiden andern auch seufzend die Köpfe.

»Ich bin unschuldig«, rief ich und wühlte in meinen Taschen. »Hier. Ich kann es beweisen. Meine Frau. Mein Kind. Mein Hund.« Ich gab ihm die Fotos, die mir der Peep-show-Mann verkauft hatte. Der alterslose Polizist sah sie sich eins ums andre an, ernsthaft und ruhig, dann nickte er und gab sie dem dicken grobschlächtigen, der sie auch eingehend prüfte, zweimal sogar, bis er sie dem kindlichen übergab, der minutenlang mit aufgerissenen Augen darauf starrte, bis er sie mir zurückgab. Da sah ich, daß mich der Peep-show-Mann betrogen hatte. Die Fotos zeigten Frauen mit gespreizten Beinen; Schwänze in ihren Mündern; hochgereckte Hintern. Ich spürte, daß ich zu glühen anfing.

»Es gibt immer weniger Vögel«, sagte der kleinwüchsige Polizist unvermittelt. »Unbekannte, hinter denen ich die Multis vermute, fangen sie.« Hinter seinem Rücken zwinkerte mir der Dicke zu.

»Eigentlich wollte ich hier oben ein Epos schreiben«, sagte ich, wütend geworden. »Mehrere kommen, und dann gehen sie wieder.«

Aber die Polizisten hörten mir nicht zu, denn sie hatten meine Eßwaren entdeckt und waren plötzlich sehr eifrig dabei, sie auf dem Tisch auszubreiten: Kartoffeln, Rindfleischstücke, Knoblauch, Gewürze, Salz, Pfeffer, Brot, Sahnegläser, Zwiebeln, Flaschen voll Wein. Ihre Augen leuchteten. Alle drei gleichzeitig plappernd, krempelten sie sich die Ärmel hoch und schwangen Messer und Kellen. Einer, der schwere, balancierte auf der Lehne des Stuhls und fischte nach einer Gußeisenpfanne hoch oben auf einem Brett. Ich spürte meine Wut wachsen.

»Ich dachte an etwas«, brüllte ich den altersgrauen Polizisten an, »was den Leser wie eine Axt spaltet.«

»Also das vergessen Sie mal lieber«, sagte der, während er vor dem Herd niederkniete. »Einer reicht doch wohl.« Er blies ins Feuer, das sowieso schon loderte. Ich kochte vor Zorn. Er aber nahm dem Dicken die Pfanne aus der Hand, goß Öl hinein, und bald roch es nach Gewürzen, Fett und Zwiebeln. Der Raum war voller Düfte; mir rann der Schweiß den Rücken hinab.

»Darf ich Sie darauf aufmerksam machen«, rief ich, »daß Sie an einem einzigen Abend meine ganzen Vorräte verkochen.« Ich begann im Raum hin und her zu gehen, mit langen Schritten, die dem Bach oft nur mit Not auswichen. Der gnomige Polizist tanzte um den Herd herum und sagte, als ich schon dachte, von mir aus, sagen die halt nie mehr ein Wort: »Wir können leben, ohne zu essen.«

»Und umgekehrt«, brummte der Dicke hinter dem Tisch hervor, den er so ungeschickt deckte, daß ihm dauernd Gabeln oder Salzfässer auf den Boden fielen, nach denen er dann stöhnend suchte.

»Das ist ein Teil unsrer Ausbildung«, fügte der Kindliche so ernst hinzu, daß er alt wirkte. Ich gab den Wänden Tritte, wenn ich auf meinem Tigermarsch rechtsumkehrt machte. »Ich möchte etwas schreiben, was wenigstens einer zu Ende liest«, ich brüllte den alt gewordenen Jungen an, »wie ich die Welt kenne, wird auch das mein Geheimnis bleiben. Aber vielleicht gibts ja diesen Einen, und er spricht sich gelassen vor, was ich nicht zu sagen wage. Was tun Sie da eigentlich die ganze Zeit?«

»Das sehen Sie doch«, sagte er. »Fernsehen.«

Gar nichts sah ich. Der Polizist hielt seine Säuglingsnase dicht über der Tischplatte und starrte mit Augen darauf, die schielten, auf die dunkle Maserung, an der ich nichts Besonderes erkennen konnte. Manchmal lachte er und hieb sich auf die Schenkel. Dann wandten die andern den Kopf und brummten etwas, was nicht zustimmend klang. Ich legte meinen Kopf auch auf den Tisch, zwischen Teller und Gläser, ohne etwas erkennen zu können.

»Das haben Sie doch schon in der Wache oben getrieben«, sagte ich. »Aber da hatten Sie einen Fahndungsbildschirm.«

»Ist auch einer«, sagte er, ohne den Blick abzuwenden. »Ich baue sie selber. Keine Ahnung warum, jeder wird kleiner als der vorherige. Sie schrumpfen. Der da ist schon recht handlich.«

Die beiden andern Polizisten hatten sich an den Tisch gesetzt und schlangen ihr Essen in sich hinein, als hätten sie seit Jahrhunderten nichts mehr gekriegt. Ihrem Kollegen gönnten sie keinen Blick. Ich hatte keinen Hunger und ging zum Fenster und sah hinaus. Noch immer Schnee, der jetzt zuweilen von Windhosen zu tanzenden Säulen hochgetrieben wurde. Einmal riß plötzlich die Flockenwand auf, und ich sah im Mondlicht einen Teil des Grats, den ich zuvor noch nie beachtet hatte. Dann war sofort alles wieder weiß. Der Schnee war nun schon so hoch, daß er am Fenster nur noch einen schmalen Sehschlitz freiließ, und als ich zur Tür ging und sie einen Spaltbreit öffnete, floß er sofort mit solcher Macht herein, daß ich sie kaum mehr zuschieben und verriegeln konnte. Also setzte ich mich auf eine Kiste, trank hie und da einen Schluck und sah zu, wie der algengrüne und der unförmige Polizist ihr Geschirr im Bach wuschen, vergnügt über Vögel plaudernd, und sich dann gelassen auszogen und in die Betten legten, der fahle in Rosas, der grobschlächtige in Benjamins. Da lag er ohne Scham und sah sich Fotos an, meine oder andere. Ich konnte sie mir vorstellen. Benjamin hatte ja zugegeben, oder Max Paul, daß Rosa sich von jedem ablichten ließ. Bei wem lag sie heute?

»Was soll das denn?« murmelte endlich der zwergige Polizist unter seinen Decken hervor. »Fernsehen mitten in der Nacht.« Der junge kindliche fuhr in die Höhe, stammelte, es sei doch nur das Testbild, richtete sich aber sofort zwischen Herd und Fenster aus Uniformjacken und Decken ein Bett ein, kroch hinein, schloß die Augen und schnarchte Sekunden später. Ohne hinzuschauen, griff der zeitlose Polizist aus dem Bett, steckte ihm den Daumen in den Mund – das Schnarchen hörte auf –; und wühlte sich wieder in die Decken. Ich stand auf – ich wollte den Frühling wach erwarten – und löschte die Butangaslampe. Erst jetzt, wo sie still war, hörte ich ihr Rauschen. Das einzige Licht im Raum war ein gelegentliches Flackern des Herds. Ich setzte mich auf den Stuhl des jungen Polizisten, legte das Kinn auf den Tisch und sah mit all meiner Augenkraft darüber. Tatsächlich war da ein kleines Glimmen, ein Pünktchen, und als ich ein Auge, das rechte, dicht davorschob, bewegten sich Bilder auf einem so kleinen Schirm, daß er keine Ränder hatte und sogleich das Hirn füllte. Alles leuchtete grünlich. Abgründe, durch die Körper stürzten; Auen voller Glanz; ein Mann, selbst ein Baum, schrie, weil er aus seinem Wald nicht hinaus konnte; Kinder, vor denen Schäferhunde flohen; leere Straßen; Sirenen; jene dann auch, die an Gestaden saßen und sich in ihrem Verlangen zeigten; der Held, der, einer fremden Frau wegen, sieben Jahre lang eine Stadt belagerte und dann zehn Jahre brauchte, seiner eigenen wieder nahezukommen; Hütten, die Zu Hause hießen; und Badewannen mit Verblutenden drin; weißt du die Luft, wenn du in der Nacht vors Haus trittst, hinter dir warmes Heu, fern ein Tal, aus dem Lichter blinken?; dieser Atomblitz, den noch keiner gesehen hat; wie schreit ein Affe, wenn ihn ein Gepard gestellt hat; und viele hoffen; da war auch dieses Aneinanderpressen, Wegstürzen und Wiederkommen; das Wundenlecken; dieser Wahn; die Miesheit dem einen, dem anderen das Erhabene; plötzlich auf einmal ein Waldboden voller Anemonen, und darin ging eine; und welche, die traten andere zwischen die Beine; Ideen, Ideen; denen sie, hitzig eifernd, glaubten, weil sie sie Treter sein ließen; »dich stellen wir dann auch an die Wand«; erinnert ihr euch auch, es gab welche, die konnten stumm und unsichtbar sein?; dankbar; demütig; froh; daß ein Nichts genügt – ein Novemberhusten –, und aus einem fröhlichen Kumpan wird der, dessen Füße im Morgengrauen aus einem Gebüsch ragen; es gibt Gefangene, überall Gefangene, Gefangene, in neonhellen Zellen, in deren Mitte ein Loch ist, Dutzende von Metern tief und in Metallstangen endend, und jeweils nur einer hat darin sein Leberecht; immer aber ist, wenn ein neuer kommt, schon einer drin; nur wo, denn das Neon hat den alten Bewohner blind gemacht und blendet den neuen; so tasten sie sich entgegen und aus dem Weg, den glatten Wänden entlang, denn in der Mitte ist das Loch; dann plötzlich haben sie sich und ringen stumm der Mitte entgegen – keiner hat je den Versuch unternommen, dem andern ein Wort zu sagen –, und irgendwann gleitet einer aus und stürzt schweigend oder schreiend; manchmal löst wirklich einer den andern ab; es gibt aber auch Zellen, die seit dem Anbeginn der Zeiten vom Gleichen bewohnt sind, dem es stets gelungen ist, seinen Nächsten von sich fern zu halten.

Die drei Polizisten schliefen. Der kleine junge noch immer mit dem Daumen im Mund; der vierschrötige nackt, mit einem riesigen Gemächte zwischen Fotos liegend, die ich nicht ansehen wollte; und der Chef Worte murmelnd, die wie das Rauschen einer grauen Brandung klangen.

Da ich nicht wußte, wie man den Bildschirm ausschaltete, schlug ich mit der Faust auf dem Tisch herum, bis das Glimmen verschwunden war. Dann wuchtete ich den Tisch um – alles naß von lauem Schnee –, legte mich wie in einen Mutterschoß hinein und nahm mir vor zu träumen, mein Kopf stülpe sich mit einem Schlag um; er wisse, was ihm bislang verborgen gewesen war, und habe vergessen, was er gekannt.